書下ろし

新 本所おけら長屋(一)

畠山健二

祥伝社文庫

目次

目次等デザイン／bookwall
イラスト／ふくだのぞみ
地図デザイン／三潮社

本所亀沢町 おけら長屋 見取り図

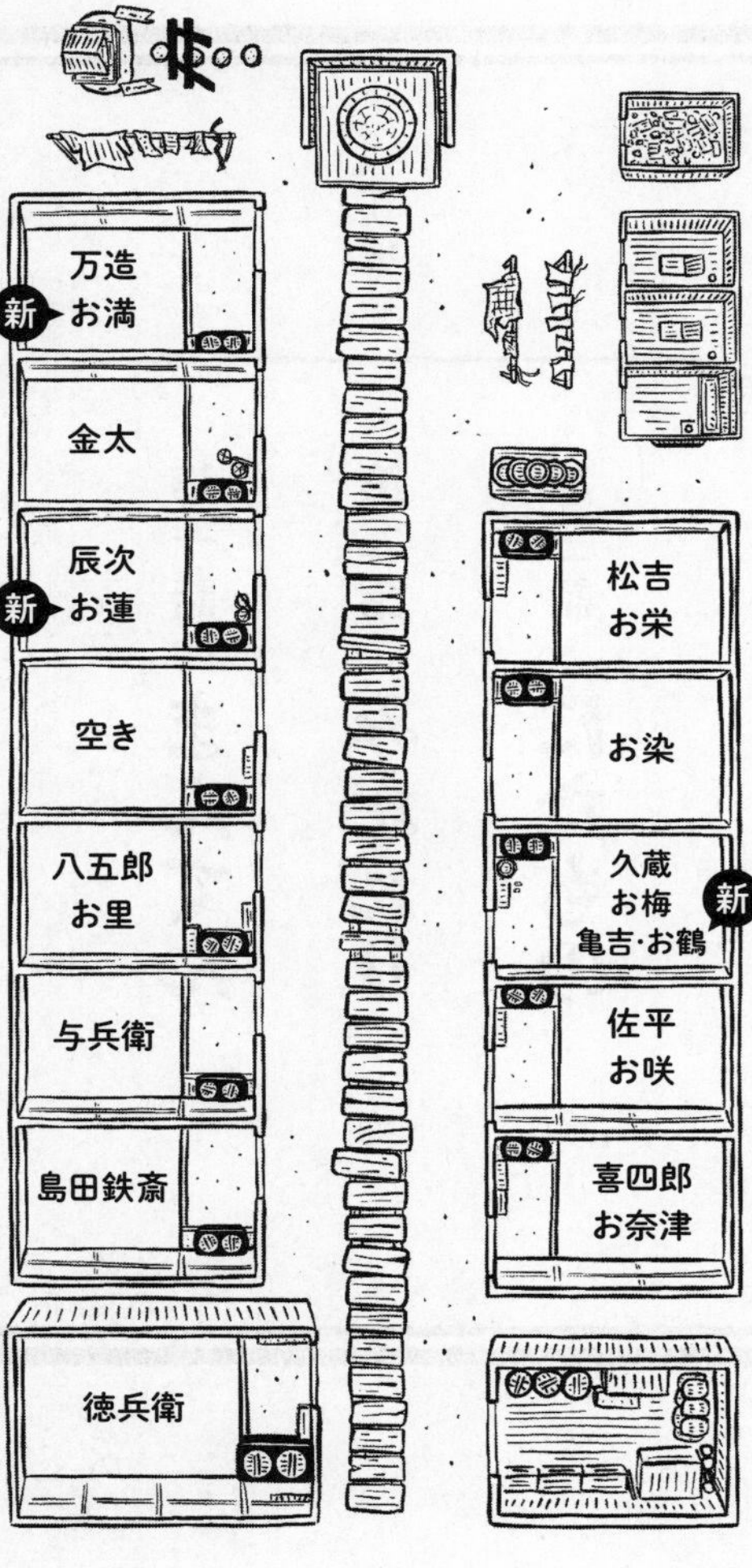

❖おけら長屋の住人紹介

島田鉄斎《しまだてっさい》

おけら長屋唯一の浪人でまとめ役。津軽藩の剣術指南役を致仕して、現在は林町の誠剣塾で師範代を務める。

お染《そめ》

四十代の色香を漂わせるわけあり後家。悲しくも波瀾万丈な半生を越え、おけら長屋でのびのびと暮らす。

万造《まんぞう》

絵に描いたような江戸っ子気質。口は悪いが人情家で、機転が利く。騒動を起こすのも、まとめるのもお手の物。

松吉《まつきち》

万造とつるんで騒動を盛り上げる。長崎に行った万造の帰りを待ちながら、二人の店・万松屋を準備してきた。

金太《きんた》

八百屋の棒手振り。野菜の区別もつかず、銭勘定もお客さん任せだが、純粋で心優しい気性をみなに愛されている。

八五郎《はちごろう》――左官。腕もよく気風もいい。しかしどこか残念な、心優しき中年男。喧嘩っ早くてだまされやすいのが玉に瑕。

お里《さと》――八五郎の妻。噂好きで思い込みが激しくノリが良い。娘のお糸が八五郎の弟弟子・文七に嫁ぎ、孫に雷蔵がいる。

お満《まん》――江戸一の薬種問屋・木田屋の娘で医師。海辺大工町の聖庵堂で修行後、長崎に留学。万造と夫婦になった。

お栄《えい》――おけら長屋連中の溜まり場・酒場三祐の看板娘だったが、松吉と所帯を持ったのちに独立。栄屋を開業した。

徳兵衛《とくべえ》――おけら長屋の大家で最長老。万松の悪乗りを叱りつつ、結局流される。甲州に息子、藤沢に娘がいる。

辰次《たつじ》――魚屋の棒手振り。気性はいいのに女に振られ続け、万松にいじられる日々を送る。しかし、ようやく春が来た。

お蓮《れん》――笛職人の娘で、万造と生き別れの母を引き合わせた立役者。それを縁におけら長屋と出会い、魚屋の辰次と……。

久蔵《きゅうぞう》——呉服屋・近江屋の手代。見知らぬ男に襲われて身籠もったお梅と夫婦になった。亀吉とお鶴の二児の父。

与兵衛《よへえ》——相生町の乾物屋・相模屋の隠居。口うるさく、悪口や嫌味ばかり言うので、煙たがれている。

喜四郎《きしろう》——畳職人。畳屋で奉公している時に知り合ったお奈津と所帯を持った。派手な夫婦喧嘩ばかりしているが、実は愛妻家。

お奈津《なつ》——喜四郎の妻。おかみさん連中の妹格。喜四郎と夫婦になる前に、未婚で子をなした苦労人。

佐平《さへい》——たが屋。一本気な職人気質で酒好き。一時、博打にはまったが、負けに負けて、今は酒だけに戻った。

お咲《さき》——佐平の妻。佐平との間に子供はいないが夫婦仲は良い。お里と同じくノリが良く、始終お節介にてんてこ舞い。

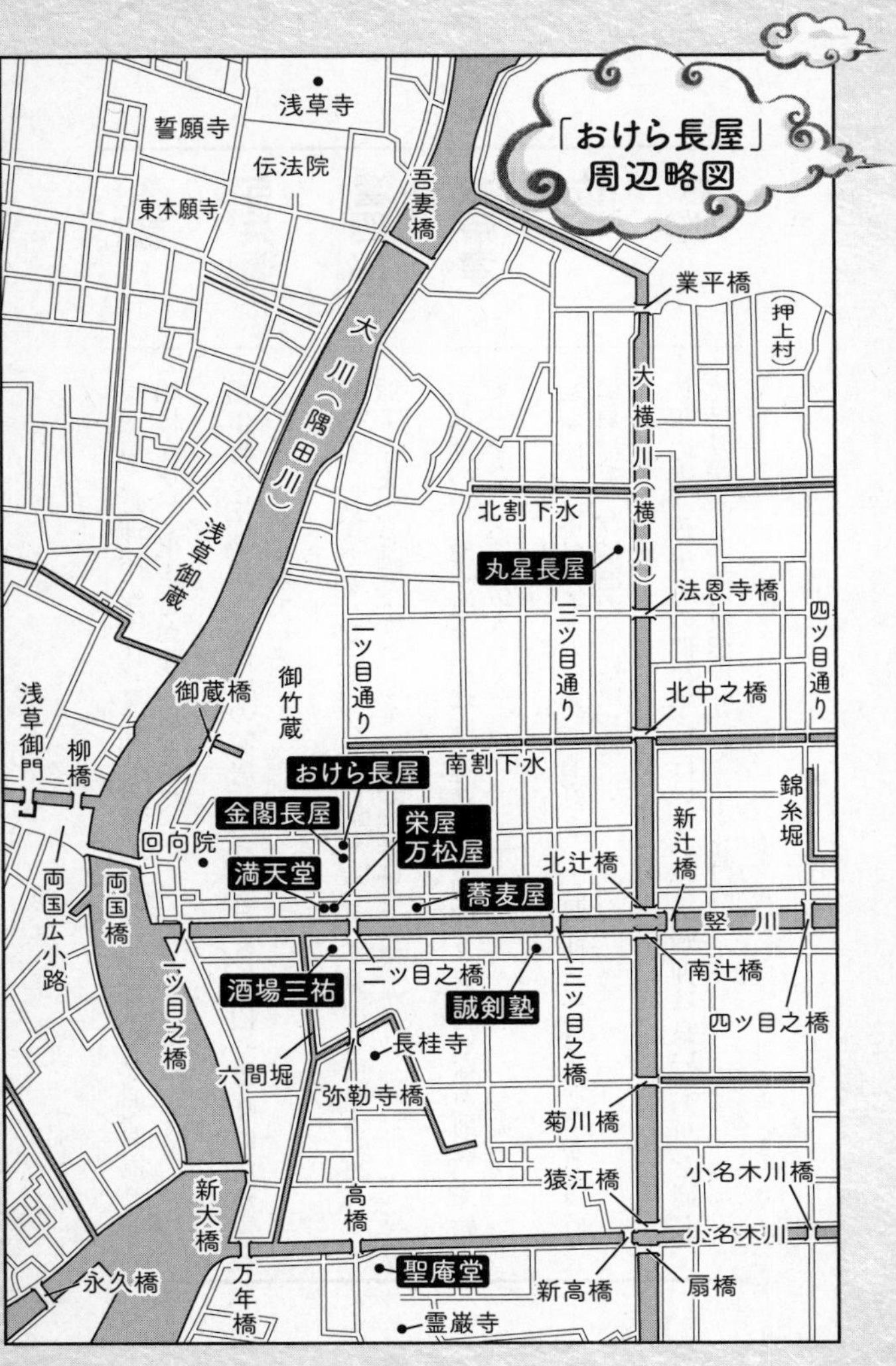

「おけら長屋」周辺略図
浅草寺
誓願寺
伝法院
東本願寺
吾妻橋
業平橋
(押上村)
大川(隅田川)
大横川(横川)
北割下水
丸星長屋
法恩寺橋
浅草御蔵
三ッ目通り
四ッ目通り
一ッ目通り
御竹蔵
御蔵橋
北中之橋
浅草御門
柳橋
南割下水
おけら長屋
錦糸堀
金閣長屋
栄屋
万松屋
新辻橋
回向院
北辻橋
両国広小路
両国橋
満天堂
蕎麦屋
竪川
一ッ目之橋
酒場三祐
二ッ目之橋
三ッ目之橋
南辻橋
誠剣塾
四ッ目之橋
長桂寺
六間堀
弥勒寺橋
菊川橋
猿江橋
小名木川橋
新大橋
高橋
小名木川
聖庵堂
扇橋
新高橋
永久橋
万年橋
霊巌寺

第一話

まんてん

一

あれから三年――。

本所亀沢町《ほんじょかめざわちょう》にあるおけら長屋では、昼餉《ひるげ》を終えたお里《さと》が、井戸《いど》の前で洗いものをしている。

お里は、木戸で音がする度《たび》に、手を止めては顔を上げる。

「――まったく、馬鹿《ばか》だねえ、あたしも気になっちまって……。ひとのことは言えないよ」

大きく息を吐くと、お里は手拭《てぬぐ》いでお椀《わん》を拭《ふ》いて、立ち上がった。

「帰《けえ》ったぜ」

家に入っていく八五郎《はちごろう》を見て、お里は呆《あき》れ顔だ。一昨日《おととい》までは笑顔も交《ま》じっていたのだが、昨日からは怒りの方が勝《まさ》っている。

「お前さん……」

「じ、じつは普請場《ふしんば》がよ……」

「今日は何だい。材料《ざい》が来ない。間取りが変わった。棟梁《とうりよう》が怪我《けが》をした。確か昨日は仏滅《ぶつめつ》だとか言ってたね」

左官《さかん》の八五郎は、両国広小路《りようごくひろこうじ》の大店《おおだな》の建て増しを手伝っている。娘婿《むすめむこ》の文七《ぶんしち》が仕切る普請場だからか、気がねなく抜け出せるようだ。

「いいかげんにしとくれよ。文七さんの面目《めんぼく》をなくすような真似《まね》は……」

「わかってらあ。勝手に帰《けえ》ってきたわけじゃねえ。文七の野郎《やろう》もちょいと見てこいって……」

「万造《まんぞう》さんたちが帰ってきたら、すぐに知らせるから、仕事だけはちゃんとしておくれよ」

「その仕事が手につかねえんだから仕方ねえだろ」

「まるで子供だねえ」

「うるせえ。それじゃ、ちょいと栄屋《さかえや》に顔を出してくらあ。いいか。万造がこっちに帰ってきたら、すぐに知らせるんだぜ」

八五郎が栄屋の暖簾《のれん》を潜《くぐ》ると、奥の座敷に座っているのは、松吉《まつきち》、お染《そめ》、島田《しまだ》鉄斎《てっさい》だ。八五郎がその輪に入ると、お栄《えい》が酒を持ってくる。

「もう〜。みんな、何をやってるのよ〜。まだ、真っ昼間《まっぴるま》だっていうのに。今日で四日目じゃないの」

四人の耳に、お栄の声は届かないようだ。松吉は八五郎に酒を注《つ》ぐ。

「あれは五日くれえ前《めえ》だった。万ちゃんたちが、そろそろ江戸に着くころだって言い出したのはだれだっけかな」

四人はそれぞれの顔を見回す。

「松吉。おめえじゃねえのか」

「おれじゃねえから訊《き》いてるんでえ。便りによると長崎《ながさき》を出たのが、ひと月前だろ。そろそろ江戸に着くころだって言ったのは……、お染さんだったよな」

お満《まん》は、西洋医学を学ぶために長崎へと旅立ち、万造も跡を追いかけた。それから三年がたち、お満は医学校を卒業して、免状を授与されたという。ひと月ほど前に、お満から、江戸へ帰ると文《ふみ》が届いた。

それからというもの、おけら長屋の面々はそわそわし始めた。指折り数えて二人の帰りを待ちわびているのだ。

お染は猪口《ちょこ》を置いた。

「長崎を出て江戸までは、ひと月以上かかるって話はしたよ。だけど、そろそろ江戸に着くころだなんて、ひと言も言ってないからね。いつ着いてもおかしくないと言ったのは旦那《だんな》ですよ」

鉄斎は酒を噴《ふ》き出しそうになる。

「間違ったことを言ったとは思わないがな。私が、いつ着いてもおかしくないと言った後に、それなら明日に違いないと言ったのは……」

一同はゆっくりと八五郎の顔を見る。

「八五郎さんじゃねえか」

八五郎は、どこを見ていいのかわからず、仕方なくお栄の顔を見る。

「お栄ちゃん。そうだったかなあ」

お栄は溜息《ためいき》をつく。

「だれが何をどう言おうが、それが何だっていうのよ。馬鹿馬鹿しくて聞いてられないよ。そのうち帰ってくることに違いはないんだから。そんなことよりも……」

お栄は盆を抱《かか》えたまま、小上《こあ》がりに腰を下ろした。

「万造さんとお満先生に、何の相談もしないで勝手に決めちゃっていいのかなあ。知らないわよ」

「何を決めたってんでえ」

八五郎さんは何も知らないようだ。

「八五郎さんは知らなくていいんでえ。ややこしくなるだけだからよ」

松吉は笑い飛ばす。

「お満先生はどうだか知らねえが、万ちゃんは心配《しんぺえ》ねえ。江戸に戻ってきてから、チマチマしたことを決めてたんじゃ、まどろっこしくていけねえ。地ならしを終えて、待ってましたと迎えるのが相棒の務《つと》めってことでえ」

鉄斎は頷《うなず》く。

「万造さんは大丈夫だ。江戸に戻ってから何をするかなんて、何にも考えちゃいないだろうからな。手強《てごわ》いのは、お満さんだ」

お染は鉄斎に酒を注ぐ。

「長崎で苦労しただろうから、あたしは受けると思いますよ。お満さんが、この三年でどれくらい大人になったかだね」

「私は変わってないお満さんに会いたいな」

お栄はぽつりと呟《つぶや》いた。

万造とお満は、川崎宿《かわさきしゆく》で騒動に巻き込まれていた。

「いよいよ明日は江戸だ。長《なげ》え道のりだったぜ。暗《くれ》えうちに発《た》ちゃ、明日中には、おけら長屋に着くかもしれねえなあ」

布団《ふとん》を敷《し》いているお満は、その手を止めた。

「でも、もう江戸だと思ったら、どっと疲れが出てきたわ。明日は品川《しながわ》でもう一泊しようよ」

「そうするか。お満は旅籠《はたご》でゆっくりしてりゃいい。おれは、ちょいと……」

「品川の遊郭《ゆうかく》で遊ぼうなんて考えてるんじゃないでしょうね」

「そ、そんなわけがねえだろ」

「それじゃ、ちょいとって何なのよ」

「だ、だからよ……」

襖《ふすま》の向こうから声がする。

「申し訳ございません。ちょいとよろしいでしょうか」

万造は助け船の声に、飛びつくようにして襖を開ける。

「どうしたんでえ」

その場で膝《ひざ》をついていた旅籠の主《あるじ》は、万造には目もくれず、お満に――。

「お客様は、お医者様と伺いましたが……」

夕食のとき、給仕《きゅうじ》に来た女中《じょちゅう》とそんなことを話した気がする。

「そうですけど、何か……」

「この旅籠の前で、男が刺されまして。今、中に担《かつ》ぎ込んだのですが、診《み》ていただけませんでしょうか。かなり深手《ふかで》のようです」

万造は慌《あわ》てる。

「馬鹿野郎。それを早く言いやがれ。前置きなんぞを流暢《りゅうちょう》にほざいてる場合か～」

お満の顔つきが医者へと変わる。

「すぐに案内してください」

お満と万造がその部屋の前に駆けつけると、廊下《ろうか》には血が点々と続いている。男は畳《たたみ》の上でもがいていた。お満は駆け寄る。

「お前さん。すぐに着物を脱《ぬ》がせて」

旅籠の主は驚く。

「お、お前さんって。あなたは、この先生の下男《げなん》ではなく、ご亭主《ていしゅ》だったのですか」

「馬鹿野郎。それは今、驚くところじゃねえだろう。おめえも手伝え」

男は脇腹《わきばら》を刃物で刺されていた。

「布を用意してください。晒《さらし》でもなんでもいいですから。それと、お湯を沸かしてください」

「お満。どうなんでえ」

「困ったわ。出血が多過ぎる。すぐにでも縫い合わせないと……。近くのお医者様に手伝ってもらえないかしら」

旅籠の主は申し訳なさそうに――。

「それが先月、この近くにいた医者が卒中《そっちゅう》でポックリ死んでしまいまして。大酒《おおざけ》呑《の》みで毎晩一升酒でねえ。ぬる燗《かん》が好きでしたなあ……」

「馬鹿野郎。医者が死んだ理由《わけ》なんざ、今はどうでもいいんでえ。医者はいねえんだな」

「そういうことで」

「まったく、手間暇《てまひま》のかかる野郎だぜ。お満。どうするんでえ」

「とりあえず、血を止めなければ……」

お満は、万造に晒で傷をおさえさせると、荷の中から医術道具を取り出し、女中に、針を煮沸《しゃふつ》するように指図をする。

「いけねえ、もう一枚《いちめえ》晒をとってくれ」

万造は真っ赤に染まった晒を懸命におさえている。

「……刺されたところが悪過ぎる。縫い合わせるまで命がもつかどうか」

お満は途方に暮れた。しばらくすると役人がやってきた。

「この男が刺されたところを見た者はおるのか」

部屋の隅《すみ》には女中が座っている。

「私が見ました。この方がこの旅籠に入ろうとしたときです。走り込んできた男がぶつかって……。そうしたら、この方が脇腹をおさえて倒れました」

「その男の顔は見たのか」

「いえ。表は暗かったもので……」

役人は下役《したやく》の者に向かって――。

「物取りではないようだな。この女から下手人《げしゅにん》のことを詳《くわ》しく聞き、すぐに手配をしろ。まだ、そう遠くには行っていないはずだ」

下役は女中を隣の部屋に連れていった。役人は、お満と万造のことが気になるようだ。

旅籠の主が気を利《き》かす。

「こちらは、うちのお客様で……、長崎帰りのお医者様と伺ったものですから、来ていただきました」

「この女が医者だと……」

役人の見下《みくだ》した言い方に、万造の目つきが変わる。

「ああ。そうでえ。お上《かみ》から長崎留学を命じられて、いずれは御典医《ごてんい》まで昇り詰めようっていう女先生でえ。畏《おそ》れ入ったか」

役人はお満に――。

「この下男の言っていることに間違いはないのか」

旅籠の主が割って入る。

「ほらね。下男だと思ったのは、私だけじゃないでしょう。ああ、よかった」

「馬鹿野郎。それは今、安心するところじゃねえだろう」

刺された男は意識《き》を失いかけている。お満は役人を見て首を横に振った。

「申し訳ないが、この男のことはお願いする。拙者《せっしゃ》は下手人を追う。すまぬ」

役人は、そう言うと出ていった。

旅籠の女中が、煮沸した針を皿にのせて持ってきた。お満は晒から手を放そうとする万造を制して、男の首で脈をとる。深く息を吐きながら、頭《かぶり》を振った。

「もう駄目なのか……」

万造の言葉に、お満は小さく頷いた。

男が、うっすらと目を開いた。

「あ、あな、あなたは、き、木田屋《きだや》さ、んの、お、お嬢様では、あ、ありませ、んか？」

「どうして、私のことを……」

「な、長崎、留学に、え、選ばれたと、き、聞いた、こ、とが、あ、あります」

「無理をして喋《しゃべ》ることはありません」

「わ、私は、み、南茅場町《みなみかやばちょう》にある、薬種問屋《やくしゅどんや》、き、金華堂《きんかどう》の、手代《てだい》で、ちゅう、忠吉《ちゅうきち》と……」

「金華堂さんの……」

「わ、私は、もう、た、助かりま、ませんよね。わ、私の、は、話をき、聞いて、ください」

忠吉の声は次第に小さくなる。お満は耳を忠吉の口元に寄せた。忠吉は最後の力を振り絞って唇《くちびる》を動かす。お満は小刻《こきざ》みに頷きながら、忠吉の話を聞いた。

忠吉はその半刻《はんとき》（一時間）後に息を引き取った。


引き戸を乱暴に開いて飛び込んできたのは八五郎だ。八五郎は雪駄《せった》を履《は》いたまま土間《どま》から飛び上がると、万造に抱きついた。

「万造～。生きていやがったか～。会いたかったぜ～。ちっとも変わっちゃいねえなあ」

万造は両手で八五郎を押しのける。

「座敷《ざしき》が汚れるじゃねえか。雪駄くれえ脱ぎやがれ。お染さんに抱きつかれるならまだしも、気持ち悪《わり》いってんだよ。臭《くせ》えし、脂《あぶら》ぎってるし、八五郎さんこそ、ちっとも変わっちゃいねえや」

八五郎はあたりを見回す。

「お満先生はどうしたんでえ。も、もう、捨てられたのか。長《なげ》えことはもつめえとは思っちゃいたが、まあ、女なんてえのは星の数ほどいるんだからよ、気にすることたあねえ」

お染が割って入る。

「何を言ってるんだよ。お満さんは聖庵《せいあん》先生のところに行ったよ。お満さんは弟《で》子《し》なんだから、まず聖庵先生のところに行くのが筋《すじ》ってもんでしょう」

鉄斎は刀を持って立ち上がろうとする。

「松吉さん。こんなところで話すのは無粋《ぶすい》だ。栄屋で酒でも酌み交わそう」

「それがいいや」

万造は怪訝《けげん》な表情《かお》をする。

「何でえ。その〝さかえや〟ってえのは」

松吉は笑う。

「まあ、積もる話は、おいおいしようじゃねえか」

松吉が立ち上がると、万造もつられるように立ち上がった。

栄屋は竪川《たてかわ》沿《ぞ》いの相生町《あいおいちょう》四丁目にある真新しい居酒屋《いざかや》だ。おけら長屋から、三町（約三三〇メートル）も離れていないところにある。中に入ると、厨《くりや》から出てきたのはお栄だ。

「万造さん、お帰りなさい。さあ、こっちに上がって……」

万造は店の中を見回す。

「この店は……」

「晋助《しんすけ》伯父《おじ》さんがね、一年前に……」

「おっ死《ち》んだのか……」

晋助はお栄の母の兄だ。松井町《まついちょう》で酒場三祐《さんゆう》を営《いとな》んでおり、おけら長屋の面々が行きつけにしていた。お栄はその三祐の看板娘だった。

「違うわよ。幼馴染《おさななじ》みが熊谷《くまがや》で百姓をやっててね、そこで土いじりでもしながら暮らしたいとか言い出して……。三祐を売って、あたしにこの店を残してくれたの。あれだけ働いて、給金なんて雀《すずめ》の涙ほどしかもらってなかったんだから、当たり前って言えば、当たり前の話なんだけど。狭い店でしょう。おまけにろくな客も来ないしね」

「それで、栄屋ってわけなのか」

酒を運んできたお栄は、松吉を促す。

「ねえ。お前さん。そんなことよりも……」

松吉は万造に酒を注ぐ。

「ひと月前《めえ》に、お店《たな》を辞めたんでえ」

松吉は、十歳《とお》で酒問屋、吉高屋《よしたかや》に入って、以来奉公してきた。

万造は驚きを隠せない。

「や、辞めたって、吉高屋を辞めたのかよ。さ、酒はどうするんでえ。店から酒をくすねてこれなくなるじゃねえか」

「へっ。酒なんざどうにでもならあ。ほら、言ってたじゃねえか。二人で何か始めようってよ。万ちゃんが長崎に行ってる間にいろいろと考《かんげ》えたんでえ。しょせん、おれたちはお店者《たなもん》って柄《がら》じゃねえだろ。万ちゃん。おれと一緒に商売《しょうべえ》を始めようぜ」

「面白そうな話じゃねえか。猿回しでもやろうってえのか」

「なんでも屋でえ」

「なんでも屋……」

「そうよ。人捜《ひとさが》し、喧嘩《けんか》の仲裁《ちゅうさい》、間男《まおとこ》との縁切り。掃除に洗濯、ドブさらい。何だってやるぜ。お店に奉公《ほうこう》してたって、酒に博打《ばくち》に吉原通《なか》い。そんなおれたちが暇を出されなかったのは、厄介《やっけえ》なことが起こったときに役に立つからでえ。だったら、それを商売にしちまった方が手っ取り早《ばえ》えじゃねえか。繁盛《はんじょう》するぜ」

万造の瞳《め》が光った。

「そいつぁ、道理だ。乗ったぜ」

八五郎は大笑いする。

「松吉。おめえが酒屋を辞めちまったってえからよ、お栄ちゃんと一緒に居酒屋をやるんじゃねえかって、お里と話してたんでえ。そんなことを考《かんげ》えていやがったのか。いいじゃねえか。だいてえ、おめえたちがお店に奉公してること自体《じてえ》が間違《まちげ》えってもんだ」

鉄斎はお染に酒を注ぐ。

「思った通りだな。万造さんは心配ないって」

松吉はお栄から、メザシを受け取る。

「なんでも屋は、この店でやる。明日にでも看板を出そうじゃねえか。おけら長屋じゃ、人も通らねえからよ。客が訪ねてきたときに、おれたちがいなくても、お栄が話を聞いておくことができる。どうでえ。妙案だろう。旦那。すまねえが、看板を書いてもらえますかい」

「お安い御用だ」

「そうそう。万ちゃんとお満先生が住むところは、おけら長屋に用意してあるぜ。三年前《めえ》のままになってらあ。あの部屋を借りてえって野郎が来ると、みんなで邪魔立てしたのよ」

八五郎は思い出し笑いをする。

「お化《ば》けが出るだの、前に住んでた野郎が呪《のろ》われて狂い死にしたとかよ。そういえば、一人いたなあ、そんなこたあ気にしねえって強者《つわもの》がよ。だが、引っ越しの挨拶《あいさつ》だってんで、隣の金太《きんた》のところに行ったら、そのまま いなくなりやがった。何があったか知らねえけどよ。わははは」

「大家《おおや》だって渋い顔してたけど、しまいにゃ、ほくそ笑《え》んでたぜ」

松吉は、にやりと笑う。大家の徳兵衛《とくべえ》は、万松《まんまつ》に振り回されて大変な目に遭《あ》うものの、結局二人を許してしまう。決して口には出さないが、万造の帰りを待っているのだ。

万造も大笑いする。

「つまり、おれたちが帰《けえ》ってくるときにゃ、地ならしはすべて終わってるってことかよ。ご苦労なこったぜ」

「とんとん拍子に話が進んで気持ちいいけどさ。気がかりなのはお満さんだねえ」

お染は吸い込むようにして酒を呑みほした。

二

海辺大工町《うみべだいくちょう》にある聖庵堂は、名医と名高い瀬間《せま》聖庵が営《いとな》む治療院だ。

聖庵は金持ちからは法外な薬礼《やくれい》をとり、貧しい者からは金をとらない。江戸一の薬種問屋、木田屋宗右衛門《そうえもん》の一人娘であるお満が聖庵に弟子入りしたのは、そんな聖庵に憧《あこが》れたからだった。

聖庵の私室に通されたお満は、雑然と書物が積まれた部屋を、懐《なつ》かしげに眺《なが》める。

「生きて帰ってきたのか」

聖庵はそう言うと、書面に目を戻す。聖庵の前に座ったお満は、すっと背筋《せすじ》を伸ばした。

「それで、どうだったんだ。長崎は……」

聖庵は書面に目を通しながら、ぶっきらぼうに尋ねた。

「勉強になることばかりでした。この国の医術は西洋に比べて何十年、いえ百年以上も後《おく》れをとっています。その後れをとり戻すためには、西洋の言葉や文字を勉強しなければならないと痛感しました」

聖庵は頷いた。お満は続ける。

「長崎で仕入れた西洋の医書が、ここに届きます。聖庵堂で医者として働きながら勉強させてください。これからも、よろしくお願いいたします」

「そのことだが……」

聖庵は、お満の方に向き直った。

「お前をここで働かせることはできなくなった」

お満は身を乗り出す。

「な、なぜですか」

そこに入ってきたのは、お律《りつ》だ。お律は松吉の義理の姉で、以前はおけら長屋で暮らしながら聖庵堂で雑用をしていた。

「お帰りなさい。お満先生、ちっとも変わっていない……。でも、お医者様としての貫禄《かんろく》がついたかしら」

「お律さんも、お元気そうで」

「お満先生。あたしは、二年前から聖庵堂に住み込みで働いているんです」

「えっ。おけら長屋から引っ越したってことですか」

「ええ。お満さんの部屋で暮らしています」

聖庵が笑った。

「わはは。だから、お前の居場所はなくなったということだ」

お満は長崎に留学する前、お染から聞いたことがある。

《お律さんは、聖庵先生のことが好きなんだよ。本人は、まだ気づいていないかもしれないけどね》

三年という間には何が起こるかわからない。まして、男と女の間には……。

「まさか、お律さんは、聖庵先生と……」

そこまで言いかけたとき、お律の後ろに十五、六歳の娘が立っていることに気づいた。

「その娘さんは……」

お律が、その娘を引っ張るようにして前に出した。

「お美濃《みの》ちゃんっていうの。近くの長屋で暮らしてたんだけど、二年前におっかさんが亡くなって独《ひと》りぼっちになっちゃった。だから、あたしと一緒に聖庵堂に住み込んで、手伝ってもらうことにしたんです」

「美濃です。お会いできて嬉《うれ》しいです。お満先生のことは、いろいろと伺っていましたから」

聖庵はさらに大きな声で笑う。

「わははは。いよいよ、お前の居場所はなくなったということだ」

お満は戸惑《とまど》う。

「そ、それじゃ、私はどうすれば……」

「お律さん。お満を案内してやってくれ」

聖庵の言葉に、お律は微笑《ほほえ》んだ。

お律とお満は一《ひと》ツ目通《めどお》りを北に向かって歩く。二《ふた》ツ目之橋《めのはし》を渡ると相生町四丁目。この先がおけら長屋だ。お律は竪川に沿って左に曲がり、木戸の前で立ち止まった。

「ここです」

お満はきょとんとする。

「ここです、って……」

「お満先生の治療院ですよ」

「私の治療院って……」

「聖庵先生と木田屋の旦那さんが相談して決めたんですよ。お満先生は、医者として一本立ちしなければいけないって。私もそう思います。お満先生はいつまでも聖庵堂にいてはいけない人ですから。中に入ってみますか」

お律は木戸を開いて足を踏み入れる。お満もその後に続いた。そこは真新しい木の香りがした。

「木田屋の旦那さんが建ててくれたんですよ。木田屋さんは心配しているようです。お満先生が素直にこの治療院を受け取ってくれるか、って。あたしは大丈夫ですって言いました。だって、お満先生は病《やまい》で苦しんでいる人たちを、一人でも多く救うために、長崎に行ったんですよね。そこで勉強したことを活《い》かすには、治療院がなくてはなりません。お満先生が、病で苦しんでいる人たちのことを第一に考えるなら、答えはすぐに出るはずです」

「おとっつぁんが、この治療院を……」

「お満先生も長崎では、いろいろと苦労されたんでしょ。意地を張るのも、お満先生らしいですけど、自分にとって何が一番大切かを考えるべきですよ。それに……、木田屋の旦那さんももうお歳《とし》です。親孝行をしなければ……」

お律はあちこちを歩き回る。

「ここが診察部屋になるのかしら。ここが薬を作るところね。奥には患者さんが寝泊まりできる部屋もあるんですよ。二階には、お満先生の部屋も。万造さんには申し訳ないけど、帰れないこともあるでしょうから」

お律は外に出た。

「それじゃ、あたしはここで失礼します。隣にある〝栄屋〟という居酒屋に顔を出してみてください」

お満が栄屋の引き戸を恐る恐る開いてみると、奥の座敷で呑んでいるのは、万造、松吉、鉄斎、お染の四人だ。声をかけたのはお栄だ。

「お満先生、お帰りなさい。さあ、こっちに上がって」

お満の目には涙がこみ上げてくる。三年ぶりに会った聖庵にもこんな気持ちにはならなかったのに、おけら長屋の人たちは不思議だ。

「みんな、ちっとも変わっていない。そのままだわ」

お満は座敷に上がると、お染の隣に座る。お染はお満の肩を抱いた。

「お満さんだって、ちっとも変わっちゃいないさ。おっと、お満さんじゃないね。長崎帰りのお満先生だもんね」

「からかわないでくださいよ。ところで、この店は……」

万造は、お栄から聞いた話をお満に伝える。

「それでよ。おれと松ちゃんはここで商売《しょうべえ》を始めることにした」

「商売って……」

「なんでも屋だ。おれが帰《けえ》ってくるのに合わせて、松ちゃんは酒屋を辞めちまったんだとよ。松ちゃんの話に乗らねえわけにはいかねえだろう。ところでよ、隣の治療院は見てきたのか」

「えっ。ええ……」

お満は言葉を詰まらせた。お染はお満に酒を注ぐ。

「で、どうするんだい。お満先生」

「も、もちろん、やりますよ、ここの隣で治療院を。だって、聖庵先生のところからは追い出されちゃったし……」

お染は、その返事を待つようにして、鉄斎にも酒を注いだ。

「ほらね、旦那。あたしの言った通りでしょう。お満先生は大人になって帰ってくるって」

「それじゃ、長崎に行く前の私は、子供だったってことですか」

「そうだよ。まだ、お尻が半分青い子供だったからねえ」

お満は頬《ほお》を膨《ふく》らませた。

「お満。おめえが来るのを待ってたんだぜ」

お満は万造を見つめて頷く。

「じつは、土産《みやげ》を持って帰ってきたぜ」

万造は川崎宿での出来事を話した。松吉は息を呑んだ。

「そ、それで。その、忠吉って手代は、今《いま》わの際《きわ》に何て言ったんでえ」

お満は忠吉が語ったひと言ひと言を嚙《か》みしめるように――。

「金華堂には、小田原《おだわら》のういろう屋、富士屋《ふじや》の手代、馬平《うまへい》が入り込んでいる。馬平は盗賊《とうぞく》の手先だ」

松吉は念を押すように――。

「金華堂の金蔵《かねぐら》を狙《ねら》ってるってことかよ」

お満は小さく頷く。

「そういうことになるわね。忠吉さんは、それ以上は話すことができなかった」

お染は猪口の酒を呑みほした。

「とんでもない話を聞いちまったもんだねえ」

松吉はお栄に酒を頼んだ。

「つまり、こういうことか。どこかでそのことを忠吉に知られちまったんで、馬平の仲間が忠吉を刺した……。馬平と富士屋はグルってことか」

鉄斎は腕を組んだ。

「富士屋がグルとは限らんぞ。馬平は富士屋の手代という立場を利用して、金華堂に入り込んだのかもしれんからな」

松吉はお栄から徳利《とくり》を受け取ると、みんなの前にずらりと並べ、まずは万造に酒を注いだ。

「面白くなってきやがったな」

「松ちゃんよ。これは、なんでも屋の最初の仕事になるかもしれねえぜ」

「ああ。金華堂の金蔵と奉公人《ほうこうにん》たちの命を守るんだからよ。礼金はたんまりといただけるかもしれねえ。初仕事にゃふさわしい、でけえ話じゃねえか」

「さてと、どうするかな……」

万造はゆっくりと酒を呑んだ。

鉄斎は、林町《はやしちょう》にある誠剣塾《せいけんじゅく》で師範代《しはんだい》を務めている。誠剣塾には門弟《もんてい》以外にも出稽古《でげいこ》に来る者が多く、南町奉行所同心《みなみまちぶぎょうしょどうしん》、伊勢平五郎《いせへいごろう》もその一人だ。

鉄斎の前に腰を下ろした伊勢平五郎は、酒と蕎麦《そば》を注文する。

「これは、先走ってしまいました。島田殿が馳走《ちそう》してくださるのですから、島田殿が頼むのが筋というものですな」

盗賊となれば火付盗賊改方《ひつけとうぞくあらためかた》に持ち込むのが筋だが、なんでも屋となった万松の二人が動きやすくなるのは、伊勢平五郎がいる南町奉行所だ。

鉄斎はすぐに本題に入る。

「南茅場町にある薬種問屋、金華堂のことで、何か話はありましたかな」

平五郎の顔つきが変わる。

「手代が川崎宿で殺された件ですか。どうしてそれを……」

「まず、その前に」

「承知してますよ。他言するなというのでしょう。酒と蕎麦だけでは割が合わないですが、仕方ありませんな」

鉄斎は届いた徳利を持ち上げ、平五郎はその酒を受ける。これで約束は成立したことになる。

「川崎宿で、その手代の忠吉の最期《さいご》を看取《みと》ったのは、万造さんとお満さんなのです」

平五郎は口まで運んでいた猪口を止めた。

「ま、万造が長崎から帰ってきたのですか」

「そうです」

平五郎は酒を呑みほすと、笑いを噛み殺す。

「これは失敬。万造という名を聞いただけで意味もなく笑ってしまいました。人一人が死んだというのに。ですが、さすがは万造。すんなりとは帰ってきませんなあ」

「長崎帰りの土産は騒動ということです。それで、金華堂では……」

平五郎は猪口を置いた。

「知らせを受けた金華堂では、番頭《ばんとう》が川崎宿に向かいました。奉行所からも若い同心が同行したと聞いています。ところで、この一件が何か……」

鉄斎は酒で喉《のど》を湿《しめ》らせた。

「忠吉は死ぬ間際《まぎわ》、お満さんに言い残したそうです。金華堂には、小田原のういろう屋、富士屋の手代、馬平が入り込んでいる。馬平は盗賊の手先だと……」

平五郎の顔つきが変わった。

「そ、それは真《まこと》ですか」

「私は聞いたことを、そのまま伝えているだけです。もしかすると、忠吉という男が意識《き》を失いかける前に見た妄想《もうそう》かもしれませんが」

平五郎は鉄斎に酒を注ぐ。

「ですが、話を聞いたからには捨ておけません。一刻《いっこく》を争うことになるやもしれませんからな。まずはその話の通り、金華堂に馬平なる者が入り込んでいるかを調べます」

立ち上がろうとした平五郎に、鉄斎が笑いかける。

「まあまあ、そう焦《あせ》らずに、まずは蕎麦を食べましょう」

「島田殿。まだ話の続きがあるのですか」

「あります」

鉄斎は笑った。

「じつはもう、おけら長屋は動いているんです」

「な、何ですと～」

蕎麦が運ばれてきた。

「南茅場町の金華堂は、木田屋と同業です。江戸で商《あきな》いをしている薬種問屋にはすべて木田屋の息がかかっていますからね。娘のお満さんを介して、木田屋の番頭に頼めば、すぐに調べはつきます。まあ、蕎麦を食べながら聞いてください」

鉄斎は自《みずか》らも蕎麦をたぐった。

「金華堂は先々代から、小田原のういろう屋、富士屋と関わりがあり、懇意《こんい》にしているそうです。金華堂は、ういろうを本格的に売り出すつもりで、ういろうの取り扱い方や、仕入れについて学ぶため、富士屋から奉公人を呼び寄せたそうです」

「それが、馬平ということですか」

「そういうことです。そして金華堂は、ういろうのことを学ばせるため、忠吉を富士屋に送り込んだ。忠吉はどこかで、馬平が盗賊の手先であることを知ったのでしょう」

「なるほど……」

「馬平は、しばらく金華堂に滞在することになっているそうです。馬平が金華堂に入ったのは、五日ほど前。ですから、すぐに盗賊が事を起こすことはないでしょう」

鉄斎は箸《はし》を置いた。

「それよりも、忠吉が殺されたことを知った馬平がどう動くかですね。盗賊の仲間が馬平につなぎをつけているかもしれません」

平五郎は頷いた。

「馬平のことを知られたかもしれないので、忠吉を殺したと……。盗賊の一味は気になるでしょうなあ。忠吉が刺されてから息を引き取るまでの間に、馬平のことをだれかに喋らなかったかと。島田殿。万造とお満さんは、このことを川崎宿の役人には話さなかったのでしょうな」

鉄斎は平五郎に酒を注ぐ。

「話していません。三年振りにおけら長屋の連中と会う、万造さんにとってはこの上ない土産になりますからな。おけら長屋の連中が一番喜ぶ土産は、みんなで楽しめる騒動ですから」

平五郎は乱暴に猪口を置いた。

「冗談じゃありません。遊びじゃないんですよ」

鉄斎は平然としている。

「万造さんと松吉さんは、なんでも屋を始めるそうです。もしかすると、これが最初の仕事になるかもしれません。それなら、おけら長屋としても力を貸さなければなりません」

「そんな酔狂《すいきよう》なことを言ってる場合じゃないでしょう」

鉄斎はニヤリとする。

「どうしてこの話を伊勢殿にしているか、おわかりですか。いや、おわかりですよね。万造さんが、川崎宿の役人にこの話をせずに、持ち帰ってきたのは、伊勢殿に手柄《てがら》を立てていただきたいからですよ」

平五郎は溜息をつく。

「殊勝《しゆしよう》なことをおっしゃいますなあ。私を仲間に引き入れようという魂胆《こんたん》がみえみえではありませんか」

「手っ取り早く言うと、そういうことになりますかな」

「まったくもって、島田殿も役者になられましたなあ。それで、私にどうしろとおっしゃるので……」

「それを相談しようと思って、蕎麦屋に誘いました」

平五郎は鉄斎に酒を注ぐ。

「小田原のういろう屋、富士屋に触《ふ》れることはできません。盗賊とどのような関わりがあるのか、わかりませんから。今は、馬平を見張るしかありません。馬平という手代が盗賊の手先として金華堂に入り込んだのなら引き込み役ということになります」

「なるほど……」

「下調べです。店の間取りや金蔵の場所、奉公人たちの目を盗んで錠前《じようまえ》の型などを確かめるのでしょう。いつ金蔵に金が入るか。鍵はだれが持っているか……。それから、押し込みの当日には、木戸を開いて、盗賊たちを招き入れます」

「なるほど。大役ですなあ」

「押し込みがうまくいくかは、引き込み役の腕次第とも言われます」

平五郎はしばらく考え込んでいたが――。

「では、こうしましょう。馬平が引き込み役ならば、必ず仲間とつなぎをとります。馬平のことはお任せください。もちろん、馬平は泳がせますよ。盗賊は一人残らずお縄《なわ》にしなければ意味がありませんからな。どうせ、おけら長屋は何か馬鹿げたことを考えているのでしょう。何をしているのか、それだけは小まめに教えてくださいよ。こちらも一歩間違えば、腹を切らねばならないのですから」

閉口する平五郎に、鉄斎は笑いを堪《こら》えながら酒を注いだ。

三

金華堂の奥座敷――。

番頭の鉄之助《てつのすけ》は、主の克太郎《かつたろう》に詰め寄る。

「あの二人は何者です。どうして、あのような者たちをここに置かなければならないのですか」

克太郎は茶を啜《すす》りながら他人事《ひとごと》のように聞いている。

「どうしてって、番頭さん。何度も言ってるでしょう。木田屋さんから頼まれたと。それじゃ、番頭さん。お前さんが木田屋さんに行って断ってきてくださいよ」

鉄之助は低頭したまま、後ろに下がった。

「旦那様。そんなことができるわけがないでしょう。金華堂は商いができなくなります」

「わかってるじゃありませんか。長いものには巻かれろってことです」

「しかし……。忠吉があのようなことになり、奉公人たちは浮足立《うきあしだ》っています。そんなときに、あのような得体の知れない二人を、ここに置くなどと……。だいたい、あの二人は何者なのですか。さっきも、女中のお清《きよ》に今夜は暇か、などと、ちょっかいを出しておりました」

克太郎は苦々《にがにが》しい表情《かお》をして湯飲み茶碗《ぢゃわん》を置いた。もちろん、茶が苦かったせいではない。克太郎は昨日のことを思い出した。

克太郎は南町奉行所同心、伊勢平五郎から内々に呼び出されたのだ。

「はじめに断っておくが、詳しいことは話せん。それを承知で話を聞いてほしい。それから、このことは他言無用だ。いいか。決して口外《こうがい》してはならんぞ」

克太郎は身構えた。

「な、何でございましょう」

平五郎はもったいぶるように声を低くして――。

「金華堂が盗賊に狙われている。まだ確かな証《あかし》はないが……」

克太郎の身体《からだ》は震《ふる》える。

「そ、それは真でございますか」

「うろたえるな。奉行所がついているのだから安心せい。こちらの言う通りにしていれば心配はないのだ」

克太郎は両手をつく。

「よ、よろしくお願い申し上げます」

伊勢平五郎は満足げに頷く。

「そこで、その方に頼みがある」

「なんなりと……」

「金華堂が狙われているという話を仕入れてきた者がおる。もし、金華堂の金蔵を守り、盗人《ぬすっと》たちをお縄にできた暁《あかつき》には、その者に褒美《ほうび》をやってくれるか」

「それは、もちろんでございます。いかほど……」

「そうだな……。二十文《もん》もくれてやれば充分だろう」

「に、二十文って……。二八《にはち》蕎麦一杯しか食べられないですよ。いやあ、助かります。そんな褒美で済むなら」

「洒落《しゃれ》に決まっておろうが。子供の小遣《こづか》いではないのだぞ」

「申し訳ございません」

伊勢平五郎は真顔《まがお》に戻る。

「頼みというのはここからだ。こちらの手の者を二人、金華堂でしばらく預かってほしい。金華堂の内実を探るためだ」

克太郎は青くなる。

「そ、それは、手前どもの店《たな》に盗人の仲間がいるということでしょうか」

「そうではない。何かあったときに金華堂を守るためだ」

「奉公人たちには何と言えばよいのでしょう。その二人の方を手前どもの店に入れるとおっしゃられても……」

「金蔵の金を盗まれたくなかったら、そんな理由《わけ》は自分で考えろ。店の者に何かを言われたら、木田屋の名を出すがよい」

「木田屋さんの……」

「そうだ。木田屋の名を出せば、文句を言う者はおるまい。木田屋には話を通してある。くれぐれも覚《さと》られるな。その方はいつもの通りにしていろ。よいな」

克太郎は生唾《なまつば》を呑み込んだ。

万造と松吉が金華堂に入り込んで二日が過ぎた。
決まった仕事もせずに、日中《ひなか》から赤い顔をしていることもある二人を見て、金華堂の奉公人たちは眉《まゆ》を顰《ひそ》めていた。奉公人たちの間では様々な噂《うわさ》が流れている。
《何かで主の克太郎が、木田屋宗右衛門を怒らせたらしく、嫌《いや》がらせで馬鹿二人を送り込んできた》
《木田屋の旦那に弱みを握られて、箸にも棒にも掛からぬ奉公人二人を押しつけられた》
してやったりの万造と松吉。馬平が盗賊の手先だった場合、奉公人たちの目が万造と松吉に集まり、馬平が動きやすくなるからだ。
金華堂の裏庭には離れがあり、その一室で馬平、隣の一室で万造と松吉が暮らしている。丁稚《でっち》を除き、六ツ（午後六時）に仕事が終われば、四ツ（午後十時）の門限までは自由に外出できる。万造と松吉は、馬平にちょっかいを出してみることにした。
「確か馬平さんとか言ったたな。おめえさん、小田原のういろう屋の奉公人なんだってな」

「ええ。そうですが……」

「どうして金華堂に来てるんでえ」

「金華堂さんが、ういろうのことを知りたいそうで」

馬平は口数が少ない。余計なことは喋りたくないのだろう。

万造は笑顔を作る。

「こうして隣の部屋で暮らしてるのも何かの縁だ。湯屋《ゆや》の帰《けえ》りに、ちょいと一杯《いっぺえ》引っかけようじゃねえか」

松吉も続ける。

「どうでえ。乙《おつ》な居酒屋を見つけたからよ」

馬平は迷惑そうな表情《かお》をする。

「酒は不調法《ぶちょうほう》なもので。申し訳ございません」

馬平は顔を伏せた。相手に喋る隙《すき》を与えたくないのだろう。こうなると、万松も手の出しようがない。

万造と松吉が湯屋の帰りに南茅場町のはずれにある居酒屋を覗《のぞ》いてみると、馬平が一人で呑んでいる。万松の二人はその両隣に腰を下ろした。

「ようよう。不調法が聞いて呆《あき》れるぜ。いい呑みっぷりじゃねえか」

「二合徳利が空《から》になってらあ」

馬平は何も答えない。店の女が盆に徳利をのせて、横を通る。万造はその徳利をつかんだ。

「すまねえが、こっちに回してくれや。こちらのお客さんがよ、酒がねえってぼやいてるもんだからよ」

万造は、その酒を空になった馬平の猪口に注ぐ。

「まあ、一杯《いっぺえ》やってくれや」

馬平はその酒を呑もうとはしない。

「私は人付き合いが苦手なんです。独りが好きなんです。申し訳ありません」

馬平は静かに立ち上がると、小銭《こぜに》を置いて店から出ていった。

「手強い野郎だなあ。どうするよ、松ちゃん」

「おれたちの役目は、野郎を見張ることなんだから、跡をつけるしかねえだろ」

万造と松吉が外に出ると、遠くの暗闇《くらやみ》に馬平の背中が消えていくところだった。

馬平は霊岸橋《れいがんばし》にさしかかった。あたりは真っ暗で人通りはない。太鼓橋《たいこばし》を上ると、雲間から顔を出した月に照らされて、橋の上に人影が見えた。近づいて目を凝《こ》らすと、女が胸に赤子《あかご》を抱え、川面《かわも》を見つめている。女は下駄《げた》を脱ごうとしていた。馬平は、その女の背後で立ち止まる。

「早まったことをしてはいけませんよ」

女は振り返ろうともしない。

「早まったことではありません。考えに考えた末のことです」

「そうですか」

「ええ。だって、死ねば楽になれますから」

馬平は少しの間《ま》をおいてから――。

「おっしゃる通りです。生きていれば辛《つら》いことばかりが起こりますからね。でもね、もしかして明日になれば、思いがけずよいことが起きるかもしれません。みんな、そう思って毎日を生きているんですよ。私もそうです」

馬平は紙入《かみいれ》の中から二朱金《にしゅきん》を取り出した。

「とりあえず、これで明日まで生きてみるっていうのはどうですか。温かいものを食べて、どこかに寝泊まりするくらいはできるはずです」

馬平は赤子のお包《くる》みの中に、その金を忍ばせた。

「それじゃ、私はこれで。明日に何かよいことが起きるように願っています」

馬平はその場から立ち去った。


栄屋で呑んでいるのは、お染、鉄斎、伊勢平五郎の三人だ。そこに顔を出した松吉を見て三人は驚く。

「松吉さん。どうしたのさ。お栄ちゃんの顔でも見たくなったのかい」

お栄は、お染の軽口《かるくち》にわざとらしく笑顔を作った。

「あら〜、そうだったの、お前さん。近くに来て見てもいいのよ」

松吉はお栄の前を素通りして、三人の輪に加わった。

「伊勢の旦那も来てたんですかい」

「当たり前だ。お前たちが金華堂で何かをしでかすんじゃないかと思って、とても素面《しらふ》ではおれん。それでどんな具合なんだ」

お栄が徳利を運んできた。松吉はその徳利を受け取ると手酌《てじゃく》で酒を呑む。

「それがよくわからねえんで」

「金華堂の向かいにある団子屋《だんごや》の二階から、馬平の動きを見張っているが、仲間がつなぎをつけに来た様子はない」

「動きってわけじゃねえんですがね。でも、おれと万ちゃんには引っ掛かることがあるんで」

鉄斎は猪口を置いた。

「面白そうな話だな。万松の勘は鋭いからな」

平五郎が割り込む。

「ところで、その万造はどうしたんだ」

「馬平にくっついてます。外での動きは奉行所の同心たちが見張ってますがね、金華堂でのことは、おれたちの持ち分ですから。それに、万ちゃんと二人でいなくなるってえのはまずいでしょう。おれだけなら、何とでも言い訳できますからね」

お染が松吉に酒を注ぐ。

「それで、どうしたっていうのさ。引っ掛かる話ってやつだよ」

松吉はその酒をゆっくりと呑んだ。

「馬平は寡黙《かもく》な男でね、いろいろ突っついてはみたんですが、まったく乗ってこねえ。まだ尻尾《しっぽ》をつかんだわけじゃねえんですが、野郎は金華堂のことをいろいろと探ってますぜ」

平五郎は、また身を乗り出した。

「馬平は何をしているんだ」

「俺たちが暮らしてるのは、裏庭にある離れでしてね。馬平が夜中にちょくちょく厠《かわや》に行くんで、様子を探ってたら、裏木戸の近くをうろついたりしてるんでさあ。厠には行かねえこともあるんで、盗賊の一味であることは間違《まちげ》えねえでしょう。ですがね……」

「ですが、どうしたんだ」

「その、何てえか……。馬平からは悪人《あくにん》の臭《にお》いがしねえんですよ。万ちゃんも同じ考《かんげ》えです。万ちゃんは、川崎宿で忠吉から聞いたことは、お満先生の空耳《そらみみ》だったんじゃねえかって疑い出すくれえで」

鉄斎は腕を組んだ。

「もし、忠吉という金華堂の奉公人を刺したのが、盗賊の一味だとすると、その盗賊たちは人を殺すことなど何とも思っていない凶悪な連中ということになる。馬平がその仲間だとすると馬平も……」

鉄斎は一度、言葉を切った。

「だが、その馬平から悪人の臭いがしない……」

松吉は頷いた。

「忠吉と言えば……。忠吉は川崎宿で埋葬《まいそう》されて、位牌《いはい》だけが金華堂に帰《けえ》ってきたんですよ。馬平はその位牌に長々と手を合わせていやした。聞くところによると、馬平と忠吉は面識がねえとか」

鉄斎、お染、平五郎はしばらく考え込んでいたが、口火を切ったのは平五郎だ。

「万造たちが江戸に戻る前に、忠吉を殺したことは、仲間によって馬平に伝わったのかもしれんな」

松吉は頷いた。

「何かで、自分のことを知ってしまった忠吉が殺された。それを知った馬平は心を痛めたんじゃねえかなあ。そんな気がするんでさあ。さて、ここまでは前口《まえこう》上《じょう》で、ここからが本丸なんで。ほんの一刻《いっとき》（二時間）前《めえ》の話なんですがね」

松吉は霊岸橋で見たことを三人に話した。

話を聞き終えた三人は、しばらく黙っていた。

「おれと万ちゃんは橋の袂《たもと》にある柳の木の陰で、馬平と赤ん坊を抱えた女とのやりとりを見聞きしてやした。今夜は風もねえ静かな夜だったから、二人の声もはっきりと聞こえたんで。それで……」

松吉は酒で喉を湿らせた。

「なんかね、好きになっちまったんですよ。あの、馬平って野郎のことが……」

お染が松吉に酒を注ぐ。

「おやおや、そりゃ困ったねえ。万造さんも同じかい」

お栄が口を挟《はさ》む。

「決まってるでしょう。万松は二人で一人なんだから」

鉄斎は考え込んでいたが――。

「馬平は〝明日になれば思いがけずよいことが起きるかもしれない。みんな、そう思って毎日を生きている〟と言った後に〝私もそうです〟と言ったのだな」

「確かにそう言いやした」

鉄斎は平五郎に酒を注いだ。

「伊勢殿。どう見ますか」

「人の心のうちを見極《みきわ》める力は、奉行所よりも万松の方が上ですからな。馬平の言葉からすると、自らが進んで悪事に加担しているとは思えませんな」

「私もそう思う。何らかの事情があるのでしょう」

松吉は平五郎に向かって、いきなり両手をついた。

「伊勢の旦那。おれと万ちゃんに勝負をさせてもらいてえんで」

「何だ。勝負っていうのは。まさか、鉄火場《てっかば》で息抜きをさせろとでも言うんじゃないだろうな」

「そんなわけがねえでしょう。馬平を救ってやりてえんですよ。このままで馬平がお縄になったら死罪《しざい》は免《まぬか》れねえでしょう。馬平には何かがある。必ず何かがあるんですよ。馬平は何かを隠している。おれと万ちゃんが命に代えても、馬平の心を開かせてみせます」

鉄斎が呟くように――。

「馬平に心を開かせるためには、馬平が盗賊の一味だと認めさせなければならない。だが、しくじったとき、馬平が逃げてしまったらどうする。盗賊を残さずお縄にする機会を失うことになる」

平五郎は苦笑《にがわら》いを浮かべる。

「島田殿。仕方ないでしょう。仮に馬平が逃げて一味を取り逃がしたとしても、金華堂を守ることはできるのですから。この話を万造が仕入れてこなければ、金華堂の奉公人たちは皆殺しになっていたかもしれんのです。だが、奉行所も黙っているわけではありません。馬平を追えば、盗賊の一味に辿《たど》り着《つ》くことができます。ここは、万松に賭《か》けてみようではありませんか。それに、拙者は端《はな》から腹を切る覚悟でやっていることですから。毒を食らわば皿までってことです」

しばらく黙っていたお染だが……。

「お取り込み中、申し訳ないんだけどね……」

「どうしたんでえ」

「あたしはね、その赤ん坊を抱えた女の方が気になっちまってねえ……」

松吉は大笑いする。

「わははは。そうくると思ったぜ。万ちゃんが馬平を追って、おれはその女の跡をつけて居場所は確めてきたからよ」

お栄がメザシを持ってきた。

「嘘《うそ》ばっかり。本当は、また川に飛び込むかもしれない、って心配だったんでしょ」

「まあ、そういうこった。お染さん。そういうことだから、その女のことは任せるぜ。もしかしたら、馬平の心を開かせる道具として使えるかもしれねえ……。い、痛《いて》え」

松吉の頭の上に盆が落ちてきた。

「よしなさいよ、道具なんて言うのは」

鉄斎と平五郎は笑ったが、お染は吸い込むようにして酒を呑んだ。

四

翌日、栄屋に顔を見せたのは万造だ。店の奥では、お栄とお満が茶を飲んでいる。

「な、何でえ。お満もいたのかい」

お満は目尻を吊《つ》り上げる。

「いたのかい、とは何よ。私の治療院は隣なんだからね」

「それで、治療院の具合《ぐええ》はどうなんでえ」

「今も、お栄ちゃんとその話をしてたとこなの。いろいろと用意するものがあってねえ」

「まだ、金は残ってるんだろ」

「それは大丈夫」

お満は三年間の長崎の留学を終えたとき、お上から三十両を下げ渡されている。もちろん、万造は触るどころか、見せてもらったこともない。お栄が酒を持ってきた。

「ところで、万造さん。どうしたのよ」

「馬平は今日一日、金華堂にいるそうでえ。だから松ちゃんに任せたってわけよ。江戸に戻ってからすぐにこんなことに巻き込まれて、何にもでききゃしねえ。大家にだって挨拶してねえしな。まあ、大家なんざどうだっていいけどよ」

引き戸が開いた。

「いたよ。万造さんがいたよ」

入ってきたのは久蔵《きゅうぞう》だ。呉服屋近江屋《ごふくやおうみや》に奉公する久蔵は、三年前に比べるとずいぶん大人らしい顔つきになった。

「万造さん、酷《ひど》いじゃないですか。おけら長屋に帰ってきたって聞いたんですが、いきなりいなくなってしまうなんて」

「おお。久蔵じゃねえか。お梅《うめ》ちゃんも来てくれたのか」

久蔵は手をつないでいた子供を引き寄せる。

「万造さんだよ……。この人にはね、亀吉《かめきち》がまだ赤ん坊だったときから本当に酷い目に、い、いや、お世話になったんだよ。って言っても覚えちゃいないか」

「なにぃ～。このガキが亀吉だと～。でっかくなりやがったなあ。この分じゃ、あと二、三年もすりゃ、女郎買《じょろうが》いに行けるぜ」

お満に睨《にら》まれた万造は、お梅に目をやる。

「お梅ちゃんが抱いてるのは、そりゃ何でえ。そこらで猫でも拾ってきたのか」

万造はまた、お満に睨まれる。久蔵は頭を掻《か》いた。

「去年、生まれたんです。亀吉の妹で、お鶴《つる》と言います」

「亀の妹で〝鶴〟だと～。縁起がいいじゃねえか。久蔵。おめえにガキを作る芸当があったなんざ、ちっとも知らなかったぜ。やるじゃねえか」

赤面するお梅の後ろから顔を覗かせたのは魚屋の辰次《たつじ》だ。

「万造さん。お帰《けえ》りなさい」

「おお、魚辰《うおたつ》か。おめえ、相変わらず袖《そで》にされ続けてるのか。何にって、女に決まってるだろうが。惚《ほ》れちゃ振られる、惚れちゃ振られるの三度笠《さんどがさ》。まあ、それが魚辰の真骨頂《しんこっちょう》ってもんだけどよ」

辰次は不敵《ふてき》な笑みを浮かべる。

「ところがですね……」

辰次の後ろから女が顔を出した。

「万造さん。お久しぶりです」

万造はその顔に見覚えがあったが、だれだか思い出せない。

「おめえさんは、確か……。どこの岡場所《おかばしょ》にいた女郎だっけな」

万造は、またしてもお満に睨まれる。久蔵と辰次は目頭《めがしら》をおさえた。

「ど、どうしたんでえ。おめえたち」

久蔵と辰次は涙を拭う。

「ちっとも変わってないや。万造さんは、やっぱり万造さんだ。そうだろ、辰ちゃん」

「ああ。長崎に行って、まともな人になっちまったらどうしようと、心配《しんぺえ》してたんですが、取り越し苦労だったみてえで。あっしはそれが嬉しくてねえ……」

「ふざけるんじゃねえ」

辰次の後ろにいる女が――。

「それで、あたしのことは思い出してくれたんですか」

万造はその女を見つめる。先に思い出したのはお満だ。

「あなたは、確か……。お蓮《れん》さん……」

万造は手を打った。

「そうだ。不忍池《しのばずのいけ》の近くにある三橋《みつはし》長屋のお蓮ちゃんだ」

お蓮は、生き別れになっていた万造と、母親のお悠《ゆう》を再会させた立役者《たてやくしゃ》だ。おけら長屋の住人たちにも引けをとらないお節介《せっかい》ぶりで、気のいい女だ。

「その、お蓮ちゃんが、どうしてここにいるんでえ」

「辰次さんと一緒になったんです」

「なにぃ～。魚辰と所帯《しょてぇ》を持っただと～」

「ええ。あたし、どうしてもおけら長屋の住人になりたくて。手っ取り早いのがだれかと所帯《しょたい》を持つことでしょ。島田さんの妾にしてくれって頼んだんだけど、断られて……」

「当たり前《めぇ》だろ。旦那がおめえみてえな小便臭《しょんべんくせ》え小娘を相手にするわけがねえ。その前に旦那は独り者《もん》だから妾にゃなれねえがな。わははは」

万造が笑うと、お蓮も一緒になって笑った。

「その通りよね～。それで、おけら長屋に住んでる独り者の男を調べたら、悲しいかな、この辰次さんと金太さんしかいなかったのよねえ」

万造は真顔になる。

「金太は蚊《か》に食われて死んだんじゃねえのか」

万造はそう言うと、にやりとした。八百屋《やおや》の金太は、万松から「馬鹿金」「抜け金」とからかわれるが、本人はまったく気にしていない。そして心優しい金太は、おけら長屋の良心、守護神でもある。

「……きんた、とはちょいと縁も深くなったことだしな」

「縁？　金太さんと？」

「い、いや、こっちの話でえ」

首を傾《かし》げるお蓮に、万造はもごもごと打ち消す。

長崎に出発する前、二十五年ぶりに再会したお悠が、息子の万造を〝金太〟と呼んだことは、お満にも松吉にも話していない。生涯の秘密だ。

こほんと咳《せき》をすると、ふっと真顔に戻って――。

「辰次。金太に感謝しなきゃならねえぞ。金太しかいねえから、おめえが選ばれたんだからよ」

お蓮も真顔になる。

「お前さん。万造さんの言う通りだよ。半次《はんじ》さんがおけら長屋に住んでいれば、半次さんでもよかったんだから」

「えっ……」

　辰次は涙目になる。

「やめてよ。洒落じゃないの。すぐに泣くんだから」

　万造は辰次の肩を優しく叩《たた》く。

「おめえもかわいそうな男だなあ。さんざっぱら女に振られて、やっと所帯《しょてえ》を持てたと思ったら、もう尻《しり》に敷かれてやがるのか。腐っちゃいけねえよ。それがおめえの生きる道なんでえ。暗《くれ》えうちから起きて、凍《こご》える手で魚をさばいてよ、少ねえ稼《かせ》ぎをお蓮ちゃんに取り上げられる。それが、おめえの幸せってもんなんだからよ」

　辰次は泣き出した。お栄が辰次に手拭いを渡す。

「からかうのはよしなさいよ。何だかんだ言って、この二人はうまくやってるんだから」

　お蓮が万造に近づく。

「万造さん。おけら長屋に来たら面白いことが次々に起きると思ってたのに、何も起こらないの。すっかり騙《だま》されたわ。みんなが言うには、万造さんと松吉さんが揃《そろ》わないと面白いことは起こらないって。ねえ、万造さんが帰ってきたんだから、何か面白いことが起きるんでしょう」

「無茶なことを言うんじゃねえよ。おれたちは、お蓮ちゃんを喜ばせるために生きてるわけじゃねえからな……」

万造はここで一度、言葉を呑み込んだ。

「いや、起こるかもしれねえ……。お蓮ちゃんの出番があるかもな」

万造は意味ありげな表情《かお》で微笑んだ。


両国橋《りょうごくばし》を渡って浅草御門《あさくさごもん》の前を左に曲がった鉄斎とお染は、亀井町《かめいちょう》の路地にさしかかった。

お染は橋の横に建っている大きな石碑を指さす。

「あそこを曲がるみたいですね」

二人は路地に入っていく。江戸の町には表と裏がある。表には大店が建ち並ぶが、一歩裏に足を踏み入れると、そこには町人たちが暮らす、風通しの悪い長屋が軒《のき》を連ねる。鉄斎は古びた長屋の引き戸の前で立ち止まった。

「三軒目か……。ここのようだな」

隣の家から老婆《ろうば》が出てきた。老婆は鉄斎とお染を見て小馬鹿にしたように笑った。

「今日は珍しい組み合わせだ。よく、ここを探し当てたもんだ。たいていは人のよさそうなお店の番頭あたりなんだけどねえ。あんたたちはどんな騙《かた》りに遭ったんだい」

お染が尋ねる。

「あ、あの、どういうことでしょうか」

「ここに住んでる女の生業《なりわい》は人を騙して、金を巻き上げることなんだよ。大店の前で行き倒れになったり、赤ん坊を病にさせたり、橋から身投げをする真似をして、相手に金を出させるのさ。赤ん坊を抱いた女の姿ってのが泣かせるんだろうね」

鉄斎とお染は顔を見合わせた。

「橋から身を投げるというからには、ここで間違いないようだな」

お染は小さく頷いた。

「自分から金をくれとは言わないのさ。相手が勝手にくれるんだから罪にはならない。でもね、あたしゃ、この女がそんなあこぎな生業で暮らしていけるって、いいことだと思うよ。それだけ世の中には慈悲《じひ》深い人がいるってことだからね」

老婆は路地に消えていった。

「どうする、お染さん。思いもよらぬ話になってしまったが……」

お染の表情は険《けわ》しくなる。

「許せない。許せませんよ。まして赤ん坊を使うなんて。ひとこと文句を言わなきゃ気が治まりませんよ」

お染は引き戸を開けようとする。

「おいおい。一度、落ち着いて考えた方がいい。お染さん」

鉄斎の言葉など耳に入らないお染は、乱暴に引き戸を開いた。

「ちょいと、お邪魔しますよ」

家の中は散らかり放題だった。脱ぎっ放しの着物に、食べかけの茶碗、徳利や猪口が転がっている。その中で女がうつ伏せになっていた。

「あんた、酔《よ》っぱらっているのかい」

女は咳《せ》き込みながら、ゆっくりと顔を上げた。

「だ、だれだい。あんたたちは。まあ、だれだってかまやしないけどね」

酔っているのか、女はうまく呂律《ろれつ》がまわらないようだ。

「金なんか全部使っちまって一文だって残ってやしないよ」

そして、女はまたうつ伏せになる。女の声で目を覚ましたのか、赤子が泣き出した。お染は断りもせずに、座敷に上がり込む。

「あんた、それでも母親かい。この子はお腹《なか》がすいて泣いてるんだろう。なのに、こんなに酔っぱらっちまって」

女は動かない。

「ちょいと、あんた。聞いてるのかい。あんた……」

お染は女の腕をつかんで揺《ゆ》すった。

「あ、熱い……」

お染は女を仰向《あおむ》けにすると、額《ひたい》に手をあてた。

「旦那。すごい熱ですよ。酔っぱらってたんじゃない。赤い顔をしていたのは熱のせいだったんですよ」

女の息は荒い。

「このままだと、この女も、この赤ん坊も命に関わることになりかねない。お満先生のところに運ぶしかないだろう。この女は私が負《お》ぶうから、お染さんは赤ん坊を抱いてくれ」

鉄斎が女を抱き上げると、女は「余計なことはするな……」と言いかけたが、抗《あらが》う力は残っていなかった。

その女をお満の治療院に担ぎ込むと、運よく、お律とお美濃が来ているところだった。

「ちょうど、お律さんが、薬や道具を持ってきてくれたところなの。治療台や布団も届いたし、これでなんとかなるわ。島田さん。この女《ひと》をここに寝かせてください」

お満は、女と赤子を交互に診る。

「お美濃ちゃん。隣の栄屋にお栄さんがいます。一緒に、乳《ちち》の出る女を捜してきてほしいの。お栄さんなら心当たりがあると思うわ」

お美濃は飛び出していった。

「この女は身体から水けが抜けてしまっている。お染さん、この女はどんな様子だったの。何か飲んだ様子はあったのかしら」

「部屋に徳利と猪口が転がっていたけど」

「馬鹿な。こんなときにお酒を呑んだら駄目なのよ。お律さん。この女に白湯《さゆ》をゆっくりと飲ませてください」

お満は女の胸の音を聴く。

「風邪《かぜ》が原因《もと》だと思うけど、このままだと危ないわ。お律さん、奥の部屋に布団を敷いてください。お染さん。申し訳ありませんが、木田屋まで行って、薬をもらってきてくれませんか。今、私が書き出しますから」

その女は、江戸に戻ったお満の最初の患者となった。


金華堂の近くにある居酒屋で呑んでいるのは、万造と松吉だ。

「松ちゃんよ。馬平は湯屋に行ったんだろ」

「ああ。馬平が外に出てるときは、奉行所が見張ってるから心配《しんぺえ》ねえ。それに、金華堂に戻った馬平が動き出すのは、奉公人たちが寝静まってからだ」

万造は松吉に酒を注ぐ。

「で、どうするつもりでえ」

「伊勢の旦那に大見得《おおみえ》を切っちまったからなあ。このままじゃ引っ込みがつかねえ」

「こんなのはどうでえ。おれたちは盗賊の手先で、金華堂に入《へえ》り込んでる。仲間にならねえかって誘うのよ」

「それからどうすんでえ」

「そこまでは考《かんげ》えてねえ」

松吉はずっこけた。

「先のことを考えてから言ってくれや」

松吉は猪口を口へと運ぶ。

「そりゃそうと、夕《ゆん》べ、ありゃ、明け方だったかな。隣から馬平の寝言が聞こえた。いや、寝言なんてもんじゃねえ。叫びだ」

「何て叫んでたんでえ」

「女の名前《なめえ》だ。はっきり聞こえたぜ。おしま〜、おみさ〜ってよ。今度のことに関わりがあるんじゃねえか」

「おしま、おみさ……か。どうやら、そのあたりが肝《きも》になりそうだな。勝負に出てみるか」

松吉は頷いた。

「万ちゃん。馬平の心には暗闇があるんでえ。それだけは間違《まちげ》えねえ。その闇を晴らしてやろうじゃねえか」

万造はしばらく考えてから――。

「よし。こうなったら、馬平に正面からぶつかってみるしかねえな」

「正面から……」

「おうよ。本当のことをそのまま言っちまうのよ。相手に心を開かせるためには、まずはこっちが心を開かなきゃならねえ。それが道理ってもんでえ」

松吉は酒をあおった。

「違《ちげ》えねえや。馬平が悪人じゃねえと見切ったおれたちの目が、正しかったかどうか確かめるためにもよ」

万造と松吉は、深酒をせずに居酒屋を後にした。

五

「ちょいと、邪魔するぜ」

襖を開くと馬平は何もせずに、ただ座っていた。行燈《あんどん》の淡《あわ》い明《あか》りの中に浮かぶその姿は、まるで置き物のようだ。万造は五合《ごんごう》徳利を持って、馬平の前に座った。

「何でしょうか」

松吉も座ると、湯飲み茶碗を三つ並べる。

「おめえさんが、迷惑してるってこたあ、百も承知してらあ。その上でこうして来てるんだからよ、しばらく付き合ってくれや」

万造は湯飲み茶碗に酒を注ぐと、その一つを馬平の前に滑《すべ》らせた。

「馬平さん。おめえさん、盗人の手先で金華堂のことを探ってるんだろう」

松吉は馬平の様子をじっと見つめる。一瞬、馬平の黒目が大きくなったが、それはすぐに元へと戻った。

「一体、何のことでしょう」

「まあ、呑んでくれや。おっと、酒は不調法だったっけかな。あははは」

馬平は湯飲み茶碗に手を伸ばすと、喉を湿らせた。万造のひと言で喉の渇《かわ》きを覚えたのかもしれない。

「ここにいる万ちゃんが、川崎宿で聞いちまったんだよ。刺された忠吉が息を引き取る前《めえ》の、今わの際に言ったことをよ」

万造はゆっくりとした口調《くちょう》で――。

「金華堂には、小田原のういろう屋、富士屋の手代、馬平が入り込んでいる。馬平は盗賊の手先だ、ってな」

馬平は表情《かお》を変えない。

「私には、お二人が何を言っているのか、まるでわかりません」

万造は焦らない。

「それなら、つまらねえ講釈とでも思って、話を聞いてりゃいいさ」

松吉は懐《ふところ》から位牌を取り出した。

「忠吉さんの位牌だ。ちょいと拝借してきたのよ。馬平さん。おめえさん、この位牌の前で、ずいぶんと長《なげ》え間、手を合わせていなさったねえ。忠吉さんとは面識がなかったそうじゃねえか。仲間から、おめえさんのことを知った忠吉を殺したと、つなぎが入《へえ》ったんじゃねえのか」

松吉は、忠吉の位牌を馬平の前に置いた。

「そりゃ、そうだよなあ。自分のことを知ったがために、何の関わりもねえ者《もん》が殺されたんでえ。手を合わせたくもなるってもんでえ。なあ、松ちゃん」

馬平は黙って話を聞いている。

「仲間の盗賊たちは気になっただろうなあ。忠吉が死ぬ前に、だれかに喋っちまったんじゃねえかってよ。このところ、おめえさんにはつなぎが来ねえだろ。様子を見てるんだよ。いざとなれば、お縄になるのは、おめえさんだけで、仲間の盗賊たちは逃げちまえばいいんだからな」

万造は酒を呑んだ。

「おれたちはな、おめえさんを見張るために、金華堂に送り込まれてきたんでえ。そのおれたちが、どうしておめえさんにこんな話をするかわかるか」

松吉は万造の話を引き継ぐ。

「おれたちは、ずっと、おめえさんのことを見ていた。夜中に裏木戸のあたりを調べたり、用もねえのに金蔵の近くを通ったりよ。今日は番頭にそれとなく、いろうの掛けを支払う日や、掛けを受け取る日のことを訊いていやがった。だから、おめえさんが盗賊の一味で、引き込み役をやってるのは間違《まちげ》えねえ。だがよ、おめえさんからは悪人の臭いがしねえんだよ。悪人てえのは、どんなに善人《ぜんにん》面《づら》をしてても、悪人の臭いがするもんなんでえ」

次は万造。絶妙の間だ。

「これには何か理由《わけ》があるんだろ。おれたちには、おめえさんが平気で人を殺すような外道《げどう》の仲間とは思えねえんだ。おめえさん、このままいきゃ、間違えなく死罪になるんだぜ。それでもいいのか。今ならまだ間に合うんだ」

万造は自分の言葉に思いを込めた。それは松吉も同じだ。

「おれたちの話を聞いたからって、おめえさんはもう逃げることもできねえ。金華堂の中ではおれたち、一歩外に出りゃ、奉行所の連中がおめえさんを見張ってるんだ。仲間がつなぎをつけに来るんじゃねえかってな。おめえさんが逃げたとしても、すぐに捕《つか》まっちまうぜ。奉行所をなめちゃいけねえよ。逃げるってことは、盗賊の仲間です、って白状したようなもんだからな」

馬平は湯飲み茶碗に手を伸ばすと、酒を呑んだ。呑まずにはいられなかったのかもしれない。万造はその茶碗に酒を注いだ。

「おれたちは、おめえさんを助けたいんでえ。なあ、本当のことを言ってくれ。決して悪いようにはしねえ」

馬平は俯《うつむ》いたまま——。

「私には何のことだか、さっぱりわかりません」

松吉は小さな溜息をついた。

「そうかい。なら、仕方がねえ。時間《とき》はまだあらあ。じっくり考《かんげ》えるこった。だが、これだけは言っておくぜ。逃げるな。逃げちゃならねえ。わかったな。そのときは、おめえさんが死罪になるときだ」

馬平は黙って、前に置かれた忠吉の位牌を見つめていた。

栄屋で、お染、鉄斎、伊勢平五郎が呑んでいると、顔を出したのは松吉だ。平五郎は空になった猪口を置く。

「動きがあったのか」

松吉は座に加わった。

「夕《ゆん》べ、馬平にこちらの手のうちはすべて明かしました」

平五郎は驚きもせず、猪口を口に運ぶ。

「すべてとは、どこまでだ」

「だから、すべてですよ」

鉄斎は平五郎に酒を注いだ。

「それで、馬平は盗賊の手先であることを認めたのか」

「いえ。知らぬ存ぜぬです」

「馬平が逃げたらどうする」

「奴《やつ》は逃げませんよ。釘を刺してありますしね。それに、たとえ釘を刺していなかったとしても、馬平は逃げません」

鉄斎は鼻の頭を掻く。

「たいした自信だな」

「ええ。自信たっぷりでさあ。奴は間違《まちげ》えなく落ちます。もうひと押しってとこですから。なので、伊勢の旦那。馬平はそのまま泳がしておいてほしいんで」

「わかった。お前たちに任せたのだから口は挟まん」

松吉はお染に酒を注ぐ。

「それでね、お染さん。ちょいと力を貸してもらいてえんで」

お染の瞳《め》が輝いた。

「やっと、あたしに出番が回ってきたのかい。わくわくするじゃないか。それで、何をすればいいのさ」

「お満先生のところに行ってほしいんで。道々、話はするからよ」

松吉は立ち上がる。酒を持ってきたお栄は拍子抜けだ。

「道々って、隣じゃないのさ。それで、お前さんはどこに行くのよ」

「ちょいとした頼み事があって、おけら長屋までな」

松吉は盆の上の徳利を鷲《わし》づかみにすると、酒を呑みほした。

女は一命をとりとめた。近所で乳をもらっている赤子も元気だ。お満は枕元に座った。

「熱はだいぶ下がったけど、まだ安心はできませんよ。しばらくはここにいてもらわないとね」

女はここに担ぎ込まれてから、ほとんど口を利かない。

「話さなくたっていいんですよ。私の仕事はあなたと話すことじゃなくて、あなたの病を治すことですから」

長崎に行く前のお満だったら、あの手この手を使って、この女の心を開かせようとしたかもしれない。でも、今は違う。待つことも大切だ。

「治してくれなんて、頼んでない」

女は小声で吐き捨てるように言った。

「頼まれなくても治すのが医者としての役目です」

「ふん。綺麗事《きれいごと》を言うんじゃないよ。あんたに払える金なんてないんだから、あたしはここから出ていく」

「ところが、そうはいかないんだよね」

お満が振り返ると、そこに立っているのは、お染だ。

「あんたが着ていた着物は、あたしが質に入れちまったよ。それで、ここの薬礼を作ってあげたから、安心して養生《ようじょう》するがいいよ。もっとも、あんな着物じゃいくらにもならなかったけどね。着物がないんだから、ここからは出られないってわけさ」

女は起き上がろうとする。

「人の着物を……。勝手なことをしやがって」

「あんたのためにしたんじゃないよ」

お染は横の布団で眠る赤子に目をやった。

「この子のためさ。あんたが死のうが生きようが、あたしには何の関わりもないけど、それじゃ、この子はどうなるんだい。この子の母親はあんたしかいないんだ。子供ってえのは哀れなもんだねえ。親を選ぶことはできないんだからさ。だから、親になるってのは、それだけ重いことなんだよ。善人から金を巻き上げる手立てを思いつく頭のいいあんただ、ちょいと考えれば、わかることだろうよ」

女はしばらく、赤子を見つめていた。

そのころ、松吉は辰次の家に上がり込んでいた。

「せっかく遊びに来てやったのに、酒も出さねえのか。おっ。敷きかけの布団があるじゃねえか。まさか、おめえたち……。そうかい、そうだったのかい。そりゃ、野暮《やぼ》な真似をしちまったなあ。なんなら、おれも仲間に入《へえ》ってやろうか」

辰次は迷惑極まりない表情《かお》をする。

「あっしは朝が早《はえ》えんですよ。だから寝ようとしてただけじゃねえですか」

辰次の横では、お蓮が笑っている。

「やっぱり万造さんが帰ってくると、面白いことが起きるのね。だって、松吉さんが訪ねてくることなんか、なかったじゃない」

松吉も笑う。

「違《ちげ》えねえや。魚辰と違って、お蓮ちゃんは洒落が通じるからなあ。そこで、お蓮ちゃんに頼みがあるんだが、久蔵とお梅ちゃんを呼んできてくれねえか。みんなで俄《にわ》か芝居《しべえ》でもやって遊ぼうじゃねえか」

「わー。楽しそう」

お蓮は家から飛び出していった。

馬平は金華堂でいつもと変わらない暮らしをしていたが、心が大きく揺れているのは手に取るように伝わる。

馬平は仕事が終わると湯屋に行き、いつもの居酒屋で酒を二合だけ呑んで金華堂に戻る。逃げる気などは毛頭ないようだ。

馬平は霊岸橋にさしかかった。橋の真ん中には女が立っている。見覚えのある着物だ。

「お前さんは……」

「ここでお待ちしていれば、またお会いできると思っていました」

女は赤子を胸に抱いたまま、深々と頭を下げた。

「あの夜、暖簾を下ろす間際の飯屋《めしや》で、白いご飯と、温かい味噌汁《みそしる》をいただきました。美味《おい》しかった。お腹が満たされたんじゃないんです。心が満たされました」

「そうですか。そりゃ、よかった」

月明りが女の顔を照らした。まだ二十歳《はたち》そこそこの若い娘だ。

「亭主が博打に手を出して、借金をこさえてしまいました。たかだか十二両とはいえ、あたしたちにとっては大金です。三人で心中するか、私が売られるかしかありませんでした」

「そんなことがあったんですか」

女は唇を嚙む。

「亭主が盗みを働いてしまいましてね。あたしとこの子を守るためだったんですが、悪事がまかり通ることなんてないんです。役人に追いかけられて、追い詰められた亭主は合口《あいくち》を振り回し、役人に斬《き》られて死にました。本当は悪いことなどできない、気の弱い人だったんですけど」

女は胸に抱いた赤子を優しく揺すった。

「そのことを知らされた夜、あたしはここで、あなた様に会ったんです。だって、死ぬしかないでしょう。私が売られたら、この子はどうなるんですか。でも、あたしは、あなた様に救われた。あなた様は言いましたよね。明日になれば、思いがけずよいことが起きるかもしれない、って。みんな、そう思って毎日を生きているんだ、って」

馬平は、何も考えずに自分の心から素直に出た言葉を思い出した。

「あの翌日、どこからか噂を聞きつけたのか、私の叔父《おじ》がお金を届けてくれたんです。あたしは亭主と一緒になるとき、父に認めてもらえず、疎遠になっていました。もしかしたら、噂を聞いた父が、お金を工面して叔父に渡したのかもしれませんね」

馬平は思った、自分にもそんなことが起きるだろうかと……。

「亭主は馬鹿な男です。悪事などに手を出さなければ、苦労してでも親子三人で暮らしていくことができたのに。それだけが悔《く》やまれます」

女は泣き出した。

「三人で、三人で暮らしていくことができたのに……。どうして我慢ができなかったの……。あたしは、あなた様に救われました。叔父にも救われました。明日になればだれかが助けてくれるかもしれなかったのに……」

すすり泣きは号泣《ごうきゅう》へと変わった。

「あ、あの人は、あ、あたしの気持ちなんか何にもわかっていなかったんです。わかってなんかいなかったんです」

女が落ち着くには、しばらくの時間《とき》がかかった。

「ごめんなさい。取り乱してしまって。あなた様にお礼を言いたくて……。本当にありがとうございました。いただいたお金、今はお返しすることができません。でも、いつかまたお会いすることができたら、必ずお返ししますから」

女は赤子を見つめながら——。

「これからは、この子と二人で亭主の分まで生きていこうと思います」

女は深々と頭を下げた。馬平は何も言わずにその場から立ち去った。


女は赤子を抱いたまま、橋の上から川面を見つめている。

「上手《うめ》えもんだねえ。役者でもああはいかねえぜ」

万造の軽口に、お蓮は川面を見つめたままだ。

「そんなんじゃないですよ。なんだか、その女の人の気持ちになっちゃってね。そうしたら涙が溢《あふ》れてきたの」

松吉は呆れ返る。

「おいおい、その女って、おれと万ちゃんが書いたあらすじじゃねえか。そんな女はいやしねえんだよ」

お梅は、お蓮からお鶴を受け取る。

「私にはわかるよ、お蓮さんの気持ちが。だって、女だもの。お満先生のところにいる騙りの女の人も、心の底では同じだったんじゃないのかなあ。本当は川に飛び込みたい気持ちだったんだよ。私はそう思う……」

松吉もしんみりしてきたようだ。

「なんだか申し訳なかったな。お蓮ちゃんや、お梅ちゃんに辛《つれ》え思いをさせちまってよ」

お蓮は涙を拭いながら——。

「やっぱり、万造さんと松吉さんが揃うと、面白いことが起きるんですね。ちょっと切なかったけど……。でも、楽しかった」

「どっちなんでえ」

「これで、あの人は救われるのかなあ。何も言わずに消えていったけど」

万造は空を見上げる。

「お蓮ちゃんや、お梅ちゃんの思いが、馬平に通じることを願うだけだ」

雲間から顔を見せた月は、おぼろげな光を放っていた。

その夜、万造と松吉の部屋を訪ねてきたのは馬平だ。

「待ってたぜ。酒は呑むかい」

「いただきます」

松吉が湯飲み茶碗を並べると、万造が五合徳利から酒を注いだ。三人は茶碗を合わせた。

「まあ、呑めや。呑んで気持ちを楽にするこった。だが、呑み過ぎは禁物だぜ」

馬平は酒で口を湿らせると、茶碗を静かに置いた。

「私は小田原で、ういろうを扱う富士屋というお店に奉公しております。ひと月ほど前のことです。江戸の金華堂さんが、ういろうのことを勉強したいとおっしゃるので、金華堂に行ってくれと言われました」

「だれに言われたんでえ」

「旦那様と番頭さんです。その三日後のことでした。町で見知らぬ子供から文を渡されました。そこには〝今夜、小田原城で裏切り者が殺される。この文のことはだれにも言うな。言えば、青葉《あおば》長屋に住んでいる、お前の女房《にようぼう》と娘を殺す〟と書いてありました。私は悪い悪戯《いたずら》だと思いました。だって、私にはまったく関わりのないことが書かれていたからです」

松吉は馬平に酒を注いだ。

「その、青葉長屋ってえのは……」

「ええ。私が女房と、まだ赤ん坊の娘と暮らしている長屋です。そして、その夜、小田原城の表門で男が殺されたんです。私は震えました」

万造は腕を組む。

「なんとなく話が見えてきたぜ。まず、おめえさんに脅《おど》しをかけておいてから、金華堂に盗みに入る手引きをしろってか」

「その通りです。また、文を渡されました、相手は笠を被《かぶ》っていたので顔はわかりません。その文には〝金華堂の金蔵に掛けが集まる日、金蔵の鍵はだれが持っているかを調べ、裏木戸から金蔵までの見取り図を書け〟とありました。そして〝金華堂で、つなぎが来るのを待て〟と」

松吉は酒を舐《な》めるようにして呑んだ。

「忠吉が殺されたことは、どうして知ったんでえ。つなぎが来たのか」

「いいえ。私の勘です。何かがあって、奴らに殺されたに違いないと。小田原城で殺された男と同じで、私を脅すためだと思ったんです。私が金華堂に来てから、つなぎは一度も来ません。本当です」

松吉は徳利を持ち上げ、馬平に酒を勧める。

「よく話してくれたな。もう大丈夫《でえじょうぶ》でえ。おめえさんの女房や娘のことは必ず守る。もちろん、おめえさんもだ。いいか、よく聞けよ。おめえさんはいつも通りにしているんだ。明日から湯屋に行ったら、ゆっくり帰《けえ》ってきな。奴らから、つなぎが入《へえ》ったら、教えてくれ。くれぐれも覚られるんじゃねえぜ。女房と娘の命がかかってるんだからよ」

馬平は胸のつかえがとれたのか、味わうように酒を呑んだ。

六

栄屋で万造から話を聞いた伊勢平五郎は、少し拍子抜けしたようだ。

「込み入った話ではなかったようだな。小田原城で殺された男は、おそらく仲間割れだろう。仲間内への見せしめで殺した上で、馬平には脅しとしても使えるからな」

鉄斎は万造に労《ねぎら》いの酒を注ぐ。

「それで、伊勢殿。これからどうしますか。馬平につなぎがあって、盗賊が金華堂に押し入る日が決まったら、その日に、小田原にいる馬平の女房と娘を連れ出すんですね。盗賊は金華堂で一人残らずお縄にするわけですから」

「ええ。ですが、馬平の女房や娘が殺されることは、まずないでしょう」

万造は平五郎に酒を注ぐ。

「どうしてですかい」

「馬平の女房と娘は、このことを何も知らない。だから殺す意味がない。殺すことで足がつくことだってあるからな。殺されるとしたら、馬平だ。仕事が済んだら、もう用なしだからな。もちろん、馬平は奉行所が守るが」

鉄斎は腕を組んだ。

「島田殿。どうかされましたか」

「なぜ、馬平にはつなぎが来ないのだろう。忠吉がだれかに馬平のことを喋ったかもしれないと思って、様子を見ているのだろうか……」

平五郎も鉄斎の真似をするように腕を組んだ。

「引き込み役を使う盗賊は、手練《てだ》れの引き込み役を狙った店《たな》に送り込み、時間《とき》をかけて仕事にかかるのが普通です。この盗賊は引き込み役に素人《しろうと》を使っている。金蔵に金が集まる日や、錠前の鍵をだれが持っているかなどを調べさせ、荒っぽい手口で金を奪うつもりなのでしょう」

万造は生唾を呑み込んだ。

「荒っぽいというと……」

「金を奪ったら皆殺しだ。もちろん、馬平もな……」

栄屋に入ってきたのはお満だ。

「あら。伊勢の旦那もいらしてたんですか。それなら、私はまた後で。ちょっと息抜きに来ただけですから」

「気にするこたあねえ。みんな身内のようなもんじゃねえか。で、どうなんでえ、そっちの具合《ぐえぇ》はよ」

お満も座に加わった。

「たいぶ整ったわ。でも薬を揃えるのに手間がかかるの。今も木田屋からの帰りでね。帰ってからもう一度、足りない薬を書き出さなきゃならないわ」

お栄が茶を持ってきた。

「それじゃ、お茶の方がよさそうね」

お満は喉が渇いていたのか、美味しそうに茶を飲む。鉄斎はそんなお満を見て――。

「宗右衛門さんはお元気なのかな。このところお見かけしないが」

「ええ。おかげさまで。商いにもまだまだ精が出てね。なんでも、富士のお山の裾野《すその》では百年草《ひゃくねんそう》という草が生《は》えるそうで、その草を煎《せん》じて飲むと百歳まで長生きできると言われているそうなんです」

「それで、百年草か」

万造は笑う。

「眉唾《まゆつば》じゃねえのか」

「だから、おとっつぁんはその草を取り寄せてね、煎じたものをふた月も飲み続けたそうよ。そしたら、すごく身体の調子がよくなったって」

鉄斎は感心する。

「偉いもんだな。薬種問屋の主が自ら試すとは」

万造は頷く。

「おれだったら、まず、相模屋《さがみや》の隠居《いんきょ》に飲ませて様子を見るけどなあ。まかり間違って死んじまったとしても、相模屋の奉公人には喜ばれるしよ」

お満は茶を噴き出しそうになる。

「馬鹿なこと言わないでよ。おとっつぁんは、百年草をどうしても薬にしたいって。金儲《かねもう》けだけじゃないの。本当に百年草が身体によいなら、人助けになるでしょう。だから、箱根《はこね》で百年草を煎じている店の人を呼び寄せて、いろいろと教えてもらってるって」

お満は茶を飲みほした。

「ふー。美味しかった。それじゃ、私はこれで。お染さんに留守番を頼んじゃってるから。お前さんは、どうせ金華堂に戻るんでしょう。頑張ってね」

お満が出ていった後、鉄斎と平五郎は黙りこくっている。

「どうしたんですかい。お二人とも……」

平五郎はしばらく黙ったままだったが――。

「島田殿。箱根と言えば、小田原の近くですね」

「私もそれを考えていました。隣の宿場です」

話の続きを聞きたかったからか、万造は平五郎と鉄斎に酒を注いだ。平五郎はその酒をゆっくりと呑んだ。

「馬平を金華堂に送り込んだ盗賊ですが、手立てがあまりにもあっさりしすぎていると思っていたんです。馬平が金華堂に行くことを知り、仲間でもない馬平を脅して引き込み役に使う。馬平が思い通りの仕事をしてくれるとは限らないんですよ」

鉄斎もゆっくりと酒を呑んだ。

「反対に都合のよいこともある。引き込み役がお縄になったとき、仲間なら自分たちの身も危なくなる。火盗改《かとうあらため》の責めは厳しい。口を割らんとは限らん。だが、馬平は盗賊たちのことは何も知らないし、顔を見たこともないからな」

平五郎は頷いた。

「そうです。この盗賊の手立ては杜撰《ずさん》なように思えて、じつは理にかなっているのかもしれません。もし……」

平五郎は酒で喉を湿らせた。

「その盗賊一味が箱根、小田原あたりを根城《ねじろ》にしていて、馬平を脅したのと同じ手口で、江戸の大店に引き込み役を送り込んでいたとしたら……。しかも、ほぼ同時に。江戸で仕事をするならそうするでしょう」

猪口を口に運びかけていた万造の手が止まった。

「つまり、木田屋に入った百年草の野郎も盗賊の引き込み役……。木田屋が狙われてるってことですかい」

鉄斎はまた腕を組んだ。

「考えられるな。盗賊は送り込んだ引き込み役の様子を見て、押し入る店を決めればいい。そうは思えませんか、伊勢殿」

「なるほど。それならば、馬平につなぎが来ないのも合点《がてん》がいく。そ、そうか。盗賊は金華堂を捨てたんだ。忠吉がだれかに喋ったかもしれないからな。それに、忠吉がだれかに喋っていたとしたら、それは盗賊にとっては好都合ということになる」

「なぜですかい」

平五郎は、苦虫《にがむし》を嚙み潰《つぶ》したような表情《かお》になる。

「おれたちを見てみろ。忠吉が今わの際に話したことで、金華堂が狙われていると思い込み、金華堂の前に見張り所を設《もう》け、馬平に張りついている。奴らは金華堂のことを捨てたというのにな」

万造は平五郎に酒を注ぐ。

「つまり、奉行所の目は金華堂に向いているから、他の店に押し入りやすくなるってことですかい」

「そういうことだ。万造。すぐにお満さんのところに案内してくれ。島田殿もお願いします。早急に手を打たなければなりません」

三人は立ち上がった。

お満が治療院に戻ると、奥の部屋からあの女の怒鳴《どな》り声が聞こえる。

手伝いに来ていたお美濃が、赤子を抱いて出てきた。

「先生、お染さんが外に出ていて、って……」

「わかった。ナアちゃんと一緒に、その辺を歩いてきてちょうだい」

幸いなことに、赤子はよく寝ていた。女は自分の名はもちろん、赤子の名前も決して教えようとはしない。ひょっとしたら、名前を付けていないのかもしれないと考えたお満たちは、名無しの赤子を「ナアちゃん」と呼ぶことにしたのだ。

お満は、足音を立てぬように近づいた。

「感謝しろってんだろ。ふん。感謝なんざするもんか。恩着せがましい面《つら》をしやがって。あたしは助けてくれなんて頼んだ覚えはないんだからね」

お染は馬鹿にしたように笑う。

「あはは。あんたに感謝してもらおうなんて、これっぽっちも思っちゃいないさ。あんたにどう思われようが、そんなことはどうだっていい。お満先生もあたしも、自分のためにやってるのさ」

「自分のため……」

「そうさ。苦しんでるあんたと赤ん坊に知らん顔をしちまったら寝覚めが悪いじゃないか。心が痛むじゃないか。だから、あたしたちは、自分のためにお節介を焼くんだよ」

女は返す言葉が浮かばなかったのか、口をつぐんだ。

「あんたは人様を騙して、寝覚めはさわやかなのかい。心はすっきりするのかい」

「ど、どうしてそんなことを……」

「知ってるんだから仕方ないだろう。あんたは澄んだ瞳《め》をしてるよ。悪党の瞳じゃない。何があったかは知らないけど、あんたは悪人になろうとしてるだけだ。悪党を演じているだけなんだよ。素直になっちまいなよ。苦しいときは、助けてくださいって言っちまいなよ。世の中はね、あんたが思っているほど冷たい人ばかりじゃないんだよ」

女は唇を嚙んだ。心が揺れているのだ。

「聞いたふうなことを言うんじゃないよ。本当に困ったときに助けてくれる人なんかいやしない。それが世間ってもんなんだ」

お染は笑う。

「そんなことはないさ。あんたが霊岸橋の上から身を投げようとしたときに、助けてくれた人だっていたじゃないか」

「あんたは一体……」

女はお染のことがわからなくなる。

「あ、あいつは親切なんかじゃない。自分より貧乏で、自分より不幸で、自分よりかわいそうな女に金を恵んでやったって、勝ち誇りたいだけなんだよ」

お染は、女の頬を平手打《ひらてう》ちにした。

「な、何をするんだい」

女は頬をおさえて、お染を睨みつける。

「痛かったかい。心の痛みは感じないようだけど、横っ面の痛みは感じるみたいだね」

「ふざけるんじゃないよ」

「あの男《ひと》のことを教えてやろうか。霊岸橋でお包みの中に、そっと二朱金を忍ばせてくれた男のことを」

お染は少し声を低くした。

「あの男《ひと》は馬平さんといってね。商いで小田原から江戸に来ているんだけど、小田原にいる女房と乳飲み子《ちのご》の娘が今……、死ぬかもしれないんだよ。でも、馬平さんにはどうすることもできない……」

女の表情《かお》が変わった。

「病なのかい。それとも、大怪我でもしたのかい。なんで、すぐに帰ってやらないのさ」

「帰りたいさ。死ぬほど帰りたい。でも、帰れない事情があるんだよ」

女は、あのときの言葉を思い出した。

《もしかして明日になれば、思いがけずよいことが起きるかもしれません。みんな、そう思って毎日を生きているんですよ。私もそうです》

「馬平さんにはね、あんたたち母子《おやこ》が、自分の女房と子供に見えたんだよ。死なないでくれ、生きていてくれって、心から思ったんだよ。だから、あんたたちに優しい言葉をかけたんだよ。恵んでやっただの、勝ち誇りたかっただの、そんな気持ちはこれっぽっちもありゃしないんだよ」

お染の目から涙が流れた。お染の涙を見た女の心は少しだけ痛んだ。

「どうしたんですか、二人とも」

お満がにこやかな表情をして立っている。お染は涙を拭う。

「おや、お満先生。帰ってたのかい。何でもありませんよ。ちょいとした余興《よきょう》でね」

「ならいいんですけど……」

お満は女の顔を見つめる。

「そろそろ教えてくれてもいいんじゃない。あなたの名前は？」

女は伏せていた目を上げた。

「あなたの名前は？」

「加津《かつ》……」

それは何も考えずに出てしまった言葉のように思えた。

「お加津さんって言うんですか。お加津さん。あと二日もすれば帰ってもかまいませんよ。私たちが勝手にやったことですから、薬礼はいりません。そんなわけだから、お染さん。お加津さんの着物は質屋から出してきてあげてくださいね。流されでもしたら大変ですから」

お染は笑いながら、「あいよ」と答えた。

「それからね、お加津さん。身体の病はここで治せるけど、心の病はここでは治せないの。もし、心が痛くなったら、亀沢町のおけら長屋に行ってください。すぐ近くですよ。そこにはお染先生っていう名医の他にも、たくさん先生がいますから」

万造の大声が聞こえる。

「お満。お満〜。どこにいるんでぇ」

「お染さん。騒々しいのが来ましたよ。ナアちゃん……、あなたの赤ちゃんは私たちが見ていますから、お加津さんはゆっくり休んでくださいね」

お満は、お加津を布団の上に押し倒すようにすると、静かに襖を閉めた。

伊勢平五郎、鉄斎、万造から話を聞いたお満は真《ま》っ青《さお》になる。

「き、木田屋が狙われているって……。み、皆殺しになるかもしれないって……。ど、どういうことなんですか」

お染も驚きを隠せない。

「それで、これからどうするんだい」

万造は二人をなだめる。

「落ち着けってんだよ。急《せ》いては事を子孫繁栄《しそんはんえい》って言うじゃねえか」

「なに八五郎さんみたいなことを言ってるんだよ。落ち着いていられるわけがないじゃないか」

鉄斎は冷静だ。

「お満さんは、すぐに木田屋に行き、宗右衛門さんにこのことを話してほしい。まだ、百年草の男が引き込み役と決まったわけではないから、店の者たちには気づかれぬようにな」

万造は前のめりになる。

「あっしは行かなくてもいいんですかい」

「万造さんと松吉さんは、木田屋に関わりを持たない方がいい。盗賊は金華堂で馬平さんを見張っているときに、万造さんと松吉さんを見かけているかもしれん。その二人が木田屋にも出入りしていたら不審に思うだろう。今夜、木田屋が襲《おそ》われることもあろう。私も様子を窺《うかが》って、夜になったら木田屋に入る。そのことを宗右衛門さんに伝えてほしい」

お満は頷いた。伊勢平五郎は鉄斎に頭を下げる。

「島田殿。お願いいたす。拙者は江戸にある薬種問屋を中心に、最近、西の方から店に来た者はいないか調べさせましょう。同時に奉行所の者たちを木田屋の周りに配置します。万造と松吉は、今まで通り馬平に張りついてくれ。盗賊が金華堂を諦《あきら》めたとは限らんからな」

五人は一斉に立ち上がった。

七

三日後——。

日本橋《にほんばし》にある薬種問屋の大店、木田屋はいつもと変わらぬ商いを続けていた。だがその内実は、慌ただしくなっている。木田屋が呼びよせた男は、耕作《こうさく》といって、富士山の裾野で百年草を栽培している者たちから百年草を買い集め、箱根で煎じ薬にしている店の奉公人だ。

木田屋では外壁や蔵の壁を塗り替える普請を始めた。請《う》け負《お》ったのは八五郎と、娘のお糸《いと》の亭主、文七だ。二人が使っている何人かの職人は、奉行所の手の者だ。その日の仕事が終わると八五郎と文七は帰っていくが、奉行所の者たちは気づかれないようにして木田屋に残る。木田屋ほどの大店になると、潜《ひそ》む部屋などいくらでもあるのだ。そして、その部屋には鉄斎も加わる。今夜はそこに平五郎も顔を出した。

平五郎は鉄斎に茶を淹《い》れる。

「耕作は間違いなく引き込み役です。今日、耕作は裏の神社の石灯籠《いしどうろう》の中に結び文を入れました。そして、その一刻後に、男がその結び文を取りに来ました」

「その男をつけて居場所を確かめなかったのですか」

「ええ。しくじりは許されませんから。奴らを一人残らずお縄にできるのは、押し込みのときだけです。木田屋に押し込む日は、そう遠くありません」

鉄斎は熱い茶を啜った。

「同心の勘ですかな」

「いえいえ。昨日、耕作の近くで、一番番頭さんと二番番頭さんに、それとなく話をしてもらいました。三日後の昼に掛けの金が蔵に集まること。そして、蔵の鍵は宗右衛門さんが持っていることを。耕作はそれを聞いて、結び文を石灯籠に入れたのです」

「つまり、明後日《あさって》ということですな」

「ええ。奴らはみなが寝静まったころ、耕作に裏木戸を開けさせ、宗右衛門さんの寝所《しんじょ》に押し入り、鍵を奪うつもりでしょう。奴らを木田屋の中には入れさせません。耕作が木戸の鍵をはずしたところで峰打《みねう》ちにします」

鉄斎は頷く。

「耕作が仲間なのか、脅されているのか、わかりませんからね」

「ええ。木田屋の両隣と前の店では、奉行所の者たちが待ち構えています。奴らが木田屋に押し入ろうとしたときに取り囲みます。木戸の内鍵は開きませんから。もし、奴らが木田屋に入ったときは、島田殿にお頼みいたします」

「お任せください。木田屋の者たちには指一本触れさせませんので」

「奴らをお縄にした後、すぐに耕作を取り調べ、馬平と同様に身内などの身が危ない場合には、箱根まで馬を走らせます。まず、大丈夫だとは思いますが、念のためです」

鉄斎と平五郎は目を合わせて頷き合った。

翌々日の未明、盗賊の一党はお縄になった。やはり、耕作は馬平と同じ手立てで脅されていた。何人かの盗賊はすぐに口を割り、もう仲間は残っていないことがわかった。馬平や耕作の身内が殺される心配はなくなった。

お加津はおけら長屋の井戸端《ばた》までは来たものの、そこから足が進まない。お加津は左の頰を撫《な》でる。頰の痛みは心の痛みに変わっていた。

娘は隣の老婆に預けた。お加津は、はじめて人にお願いをして頭を下げた。

「も、申し訳ありませんが、この子をしばらく預かってくれませんか」

老婆は戸惑いの表情《かお》を浮かべる。

「あんた。まさか……。あたしにこの子を押しつけて、男とどこかに逃げるつもりじゃないだろうね……。ま、いいか。その方がこの子は幸せになれるから」

自分が老婆でもそう思うだろう。だが、お加津の様子を窺っていた老婆は笑顔になる。

「どうやら、そんなつもりはないようだね。どこに行くのか知らないけど、行っておいで。暗くなるまでに帰ってきておくれよ」

お加津の口からは「ありがとうございます」という言葉が自然に出た。

「ナアちゃん、か……」

そう呟くと、胸がギュッと痛くなった。お満たちがつけた呼び名は、偶然にも赤子の名前と合っていた。赤子は那加《なか》といった。常陸国《ひたちのくに》那珂郡《なかのこおり》生まれの夫がつけてくれた名前だ。

「故郷の那珂の珂を、お加津の"加"に変えたんだ。おれの好きな字だけで考えた名前だぜ」

そう言って、お加津とお那加を抱きしめてくれた。

――お人好《ひとよ》しで優しい人。親友に騙されて馬鹿みたいに死んでしまった。

夫が残してくれた家も金も、あっという間に他人に奪われた。何も持たないお加津は、落ちるところまで落ちるしかなかった。だれも信じないことが、心を護る唯一の術《すべ》だったのだ。しかし、お染やお満と出会って何かが変わった。

《素直になっちまいなよ。苦しいときは、助けてくださいって言っちまいなよ。世の中はね、あんたが思っているほど冷たい人ばかりじゃないんだよ》

あの日から本当に心が痛くなった。どうしても、おけら長屋に行ってみたくなった。

右側二軒目の引き戸が開いて出てきたのは金太だ。金太は井戸端に近づいてくる。

「あ、あの……、お染さんはいらっしゃるでしょうか」

金太は、前を向いて真《ま》っ直《す》ぐ歩いてきたにもかかわらず、井戸の四隅に立っている柱に顔面をぶつけた。

「だ、大丈夫ですか」

「い、痛《いて》え……」

金太は足を摩《さす》る。

「あ、あの、ぶつけたのは、顔じゃないんですか」

「そ、そうだった。おいらがぶつけたのは顔だ」

金太は尻を摩る。

「そこは、お尻だと思いますが……」

見ると、金太は鼻血を流している。

「は、鼻血が出てますよ」

お加津は帯《おび》に挟んであった手拭いを取り出すと、金太の鼻にあてた。金太はその手拭いを齧《かじ》り出した。

「た、食べ物ではありません。これは手拭いですよ。鼻血を拭いてください。鼻血が出てるんです。」

金太は、その場でしゃがむと、手拭いで尻を拭こうとする。

「お尻を拭くんじゃないんです。鼻血が出てるんですよ」

「だって、おいらがぶつけたのは尻だ。顔じゃねえ。おめえはだれだ」

路地から入ってきたのは、お里とお咲《さき》だ。二人は金太の顔を見て驚く。

「ど、どうしたんだい」

「こ、この人が、柱に顔をぶつけて鼻血が……」

お里は慌てる。

「そりゃ、大変だ」

二人は井戸の柱に駆け寄る。

「折れていないだろうね。お咲さん。ちょいと柱を叩いてみなよ」

「うん。大丈夫そうだよ。ところで、お里さん。こちらは……」

「さあ……。はじめて見る顔だねえ。どちらさんで？」

「加津と申します」

お里とお咲は顔を見合わせる。

「お加津さん……。ああ。お満先生のところに担ぎ込まれた……。お染さんから聞いてるよ。お咲さんも聞いてるだろ。ほら、霊岸橋《めんどう》のさ」

「あ〜。飛び込み騙りの……。あ〜。赤ん坊の面倒も見ない……。あ〜。頼んだわけじゃないから、金は払わないとお満先生に悪態《あくたい》をついた……。あ〜……。まだ、他に何かあったっけ」

お加津は下を向きながら——。

「あの、お染さんはいらっしゃいますか……。きゃ〜。し、死んでる。鼻血を流して死んでますよ」

お里とお咲は笑う。

「あはは。気にすることはないよ。寝てるだけだから」

「そうだよ。この前は井戸に落ちても寝てたからね」

お染が出てきた。

「何だい。騒がしいと思ったら、お加津さんが来てたのかい」

お里とお咲は、お加津の背中に手を添えて、お染の方に押しやる。

「お加津さん。お染さんに話があるんだろ。さっさと話しちまいなよ。ほら、行った、行った」

お加津は、お満の言葉を思い出した。おけら長屋には、お染の他にも、心の痛みを治してくれる先生がいると。二人の女は底抜けに明るい笑顔だ。倒れた男は鼻から赤い提灯《ちょうちん》を膨らませている。不思議と嫌な気持ちにはならない。なんだか、ほんわかしていて、心が温かくなってくる。

お染の家に上がったお加津は、きちんと正座をした。

「あの人……、確か馬平さんと言いましたよね。あの人に会わせてください」

お染は、お加津の顔をしげしげと見つめる。

「お加津さん。あんた、真っ当な人の表情《かお》になったねえ。憑《つ》き物《もの》が落ちたのかい」

お加津はお染の問いには答えない。

「会わせてください。馬平さんがどこにいるのか知っているんですよね。謝りたいんです。そして、お礼を言いたいんです」

お染は苦笑いを浮かべる。

「その気持ちだけで充分だよ。馬平さんには、ちゃんと伝わってるよ。お加津さんの気持ちが」

「本人に会って言いたいんです」

「それがねえ……。お加津さんの気持ちは、別のお加津さんが伝えちまったんだよ」

お加津にはわけがわからない。

「別のお加津って……、どういうことですか？」

「話せば長い人情噺《ばなし》でねえ……。ややこしくなるだけだから勘弁しておくれよ」

お加津は、お染の目を見つめる。

「お染さん。あなたは何者なんですか。霊岸橋での出来事、しかも馬平さんがお包みに二朱金を入れたことまで知っている。あたしが人様を騙していたことも……」

「そんなことはどうでもいいじゃないか。あたしはね、お加津さんの心の痛みがなくなれば、それでいいんだよ。で、どうなったんだい。心の痛みは?」

お加津は両手で胸をおさえて、大きく息を吐き出した。

「どうやら、治ったようだねえ。それで、これからどうするんだい」

「まだ、何も……。お、お染さん……」

「何だい」

「あたしのこと、何も訊かないんですか」

お加津は思った。お染は何もかも知っているのではないかと。生《お》い立ちや、どうしてこんな女になってしまったのかも……。

「言いたいのかい。お加津さんが人様を騙すようになったのには、それなりの理由《わけ》があるんだろう。そんなことを話したって、辛いことを思い出すだけじゃないか。みんな忘れちまって、明日からのことを考えなよ。お天道様《てんとうさま》は必ず昇ってくるんだからさ」

「明日からのこと……」

「そうさ。江戸って町はね、真っ当に働けば生きていけるところなんだよ。たとえ貧乏でもね。この長屋の連中を見たかい。みんな貧乏だけど、楽しそうだろ。真っ当に生きて、心を開けば、相手も心を開いてくれる。困ったときは、助けたり、助けられたり、江戸の貧乏人たちは、そうやって生きていくのさ。だから、困ったことがあったらいつでもおいで。この長屋にはね、そんな暮らしをしている人ばかりだから」

お加津は頰を伝う涙を拭った。

「お染さん。今まで挨拶をしたこともなかったけど、隣に住んでいるお婆《ばあ》さんに頼んでみたんです。この子を預かってくれませんか、って」

お染の頭には、その老婆の顔が浮かんだ。

「お婆さんは何て言ったんだい」

「笑いながら、暗くなるまでに帰ってきておくれよ、って」

お加津は頭を下げると、お染の家から出ていった。

万造とお満は、木田屋からの帰り道、両国橋にさしかかる。空はもう暗くなっていた。

「みんなに、なんて話すつもりなのよ。殺されるかもしれないわよ。私は知らないからね。本当に知らないからね。ほんとにほんとに知らないからね」

お満はすねたような顔で、万造の袖を引っ張る。

「あいつらのことなんざ、気にすることたあねえ」

万造は鼻を鳴らすと、にやりと笑う。

「江戸っ子のやせ我慢ってやつよ。それ以上言うのは野暮ってもんだぜ。そう言やあ、あいつらだって黙るだろうよ」

お満は溜息をついて、おけら長屋の面々のはしゃいだ顔を思い浮かべた。

三刻《みとき》（六時間）前――。

長屋の住人たちは総出で、万造とお満を送り出した。八五郎は万造の両肩を揉《も》む。

「いいか、万造。おめえは、江戸で五本の指に入《へえ》る大店、木田屋の身代《しんだい》を守ったんでえ。礼金は百両、いや、五百両は下るめえ」

佐平《さへい》はその横から、万造の肩の埃《ほこり》を払う。

「八五郎、小せえことを言うんじゃねえよ。万造。おめえは、木田屋の旦那だけじゃねえ。何十人といる奉公人の命も守ったんでえ。千両。二千両でも足りねえくれえだ」

万造は二人の手を払い除《の》ける。

「それが八五郎さんや、佐平さんとどんな関わりがあるんでえ」

八五郎と佐平は食い下がる。

「その千両の金を博打で倍に増やしてよ。吉原《なか》の女郎屋を丸ごと一軒、買い取ろうじゃねえか。なあ、佐平」

「そいつぁ、いいや」

「馬鹿言ってるんじゃないよ」

二人は、お里とお咲に頭を叩かれる。

「木田屋の旦那は、お満さんのおとっつぁんなんだよ。娘さんを前にして、何を勝手なこと言ってんだい。……ごめんなさいよ、お満先生」

お里は、大袈裟《おおげさ》に溜息をついた後に――。

「……けどさ、みんなでさ、箱根あたりにさ、繰り出すってのはさ、そのさ、悪くないよね」

お満の返事を待たずに、お咲がそれに飛びつく。

「あたしゃ、善光寺参《ぜんこうじまい》りの方がいいね。帰りには京から大坂を回ってさ」

お奈津は腕を組んで目を瞑《つむ》る。

「どんな着物を買おうかなあ。久蔵さん。あんたの店にある正絹《しょうけん》の反物《たんもの》をいくつか持ってきておくれよ」

久蔵は手を擦《こす》る。

「ありがとうございます。みなさんに買っていただければ、番頭への道も開けます」

徳兵衛も割り込んでくる。

「金というものは、使えばなくなるんだ。そんなものに使うより、この長屋を建て替えようではないか。万造。お前の店賃《たなちん》は向こう三年間、タダにしてやるぞ」

そんな光景を眺めている松吉とお栄は囁《ささや》き合う。

「人の欲ってえもんは、恐ろしいもんだなあ」

「でも、このまま話がすんなり進むとは思えないわね」

「ああ。どんなオチが待ってるのか楽しみだぜ」

そして二刻《ふたとき》（四時間）前――。

万造は、木田屋宗右衛門の前で深々と頭を下げた。

「挨拶が遅くなって、申し訳ありやせん。お満さんと所帯《しょてえ》を持つことになりやした。って、もう三年も前《めえ》のことになりやすが」

万造は、一連のゴタゴタに巻き込まれて、所帯を持ってから一度も木田屋宗右衛門に挨拶をしていなかったのだ。

宗右衛門は感慨深げに、万造とお満を見つめていたが、すぐに神妙な表情《かお》になった。

「この度のことは、何とお礼を申したらよいか……」

「何のこって……」

万造はとぼける。

「何のこってって、万造さんたちがいなければ、この木田屋は金蔵の金をすべて奪われるどころか、奉公人まで皆殺しにされていたんですぞ。金で済む話ではありませんが、お礼はさせていただきます。納得してもらえるかわかりませんが、とりあえず……」

「いりやせん」

「えっ。今、何と言われましたかな」

「いらねえ。と言ったんでさあ」

お満は万造の半纏《はんてん》の袖を引っ張る。

「ちょ、ちょっと、お前さん……」

万造はお満の手を払い除けた。

「おめえは口を出すんじゃねえ」

万造は宗右衛門の方に向き直った。

「宗右衛門さん。これが見ず知らずの大店だったら、遠慮なくいただきますがね。女房の父親や、実家を守るのは当たり前《めえ》のことでさあ。それで礼金なんぞをもらった日にゃあ、亭主としての面目が立ちませんや。なんて、偉そうなことを言ってやすがね」

万造は小さな咳払《せきばら》いをした。

「お満のために、治療院を建ててくださって申し訳ございやせん。それで、チャラってことにしていただければ、ありがてえんで」

宗右衛門は頷いた。

「お満。さすがは、お前が選んだ男だ。商人などには、とても真似ができん。お満が添い遂げられるのは、万造さんしかいないと思っておりました。こんな跳ねっ返りですが、末永くよろしくお願いいたしますよ」

お満は大きな溜息をついた。


お満は両国橋の上で立ち止まった。

「でもね、お前さん。ちょっと、惚れ直しちゃった」

「からかうんじゃねえや」

「万松屋、はじめての仕事はやっぱり、お金にならなかったね」

万造は笑う。

「そうでもねえよ。松ちゃんが金華堂から五両、いただいてきたぜ」

「店の身代と、奉公人の命を守って、たったの五両……」

「百両、二百両いただいたんじゃ、盗賊と同じじゃねえか。五両がいいところでえ」

お満は吹き出した。

「そうだね」

「お満。おめえ、今、〝万松屋〟って言わなかったか」

「八五郎さんたちは、そう呼んでいるらしいよ」

「万松屋……。そのまんまじゃねえか。でも、悪かねえな。なんでも屋の〝万松屋〟か」

お満は夜空を見上げた。

「また、おけら長屋での暮らしが始まるんだね」

万造も夜空を見上げる。

「ああ……」

「どうしたのよ」

「おめえの治療院の名前《なめえ》はどうするんでえ」

「治療院の名前って……。聖庵堂分院……。考えてなかったわ」

万造は夜空を見上げたままだ。

「満天堂《まんてんどう》ってえのはどうだ」

「満天堂……」

お満はその言葉を繰り返した。

「満天の星空じゃねえか」

お満はもう一度、夜空を見上げた。

「聖庵堂分院〝満天堂〟か……。悪くないわね」

「真似するんじゃねえや」

万造とお満は肩を寄せ合うようにして歩き出した。

第二話

みかえり

一

ときはしばらくさかのぼる。

万造《まんぞう》がお満《まん》を追って長崎《ながさき》に旅立ってから、ひと月が過ぎた。

松吉《まつきち》の家では——。

「ねえ、お前さん……。お前さんってば……。お、おい。松吉」

松吉はやっと、お栄《えい》の呼びかけに気づく。

「あ、ああ……。何でえ。もう晩飯《ばんめし》か……」

「川浪屋《かわなみや》の爺《じい》さんみたいなこと言わないでよ。朝ご飯を食べたばかりでしょ」

「そうだったっけかな」

「お店《たな》に行くんでしょう。昨日も遅れて番頭《ばんとう》さんから小言《こごと》を食らったって言ってたじゃないの。本当に暇《ひま》を出されるわよ」

「そりゃ、それで面白《おもしれ》えじゃねえか」

「どこが面白いのよ」

お栄は松吉の前で正座《せいざ》をした。

「ねえ、お前さん。万造さんがいなくなって、もうひと月になるのよ。気持ちはわかるけど、いいかげんにしてよ。こんな調子で三年間も過ごされたら、たまったもんじゃないわ」

「三年か……」

松吉は指を折る。

「あと、二年と十一か月……」

「ぜんぜん指が足りてないじゃないの。早く出かけなさいよね」

「ああ……」

松吉は気のない返事をして立ち上がった。

八五郎《はちごろう》の家では――。

「お前さん。このところ外では呑《の》まないんだね」

「ああ」

「身体《からだ》の具合でも悪いのかい」

「ああ」

八五郎は寝っ転がって動かない。お里《さと》は呆《あき》れ顔で――。

「お前さんは馬鹿《ばか》だねえ。その上、間抜けで醜男《ぶおとこ》だねえ」

「ああ」

お里は少しの間をおいてから――。

「あたしに間男《まおとこ》ができたってこと、気づいてたかい」

八五郎は飛び起きる。

「な、何だと～」

「お前さん。やっぱり、あたしのことは気になるんだねえ」

「そんな男がこの世にいるわけがねえ。も、もし、そんな男がいたら奥山《おくやま》の見世《みせ》物小屋《ものごや》に出られるぜ」

「お前さんっ！」

お里は投げ捨てるように、八五郎の前に小銭《こぜに》を置いた。

「これで三祐《さんゆう》にでも行ってきなよ」

「な、何でえ、この銭は……」

「だから、三祐にでも行ってきたらって言ってるんだよ。少しは気晴らしになるだろ。懐《ふところ》が寂しいなら、このお金は貸してあげるから」

「何でえ、その〝貸してあげる〟ってえのは。返《けえ》せってことか」

「利子《りし》はいらないよ」

八五郎はその金を手の平《ひら》にのせて見つめる。

「あのなあ。三つ四つのガキが駄菓子屋《だがしや》に行くんじゃねえんだよ」

「洒落《しゃれ》じゃないか。ねえ、お前さん。万造さんがいなくなったのが、そんなに寂しいのかい」

八五郎は間髪《かんはつ》を容《い》れずに――。

「ああ。寂しい。寂しくて仕方がねえ。いけねえか」

お里は溜息《ためいき》をつく。

「まるで子供だねえ。ほら、それじゃ、これだけ足してあげるから、三祐に行ってきなよ」

八五郎はのそりと立ち上がった。

八五郎が酒場三祐の暖簾《のれん》を潜《くぐ》ると、奥の座敷で呑んでいるのは、松吉、島田鉄《しまだてつ》斎《さい》、お染《そめ》の三人だ。お染は苦笑《にがわら》いを浮かべる。

「また一人来ましたよ。腑抜《ふぬ》けになったのが……」

八五郎はその輪に加わった。

「何でえ、その〝腑抜け〟ってえのは」

「松吉さんを見てごらんよ。万造さんがいなくなってから芯が抜けたみたいになっちまってさ」

松吉は背中を丸めてメザシを齧《かじ》っている。

「お里さんがぼやいてましたよ。何を言っても〝ああ〟しか言わないから、喧嘩《けんか》にもなりゃしないって」

鉄斎が八五郎に酒を注《つ》ぐ。

「その気持ちはわかる。私もなんとなく剣術に身が入らなくてな……。今日は若い門下生《もんかせい》に一本とられてしまった」

「旦那《だんな》までどうしちまったんですか。そんなことじゃ師範代は務《つと》まりませんよ」

松吉がメザシの尾ひれを口から出しながら――。

「何か面白《おもしれ》えことが起きねえかなあ。そうすりゃ、気が紛《まぎ》れるんだがよ」

お栄が徳利《とくり》を持ってきた。

「そう言えば、万造さんが旅立ってから何も起こらないね。おけら長屋と言えば騒動が売り物なのにねえ」

お染は笑う。

「あはは。お栄ちゃん。それを幸せな暮らしって言うんじゃないのかい」

「そんなことはねえ」

八五郎が唸《うな》るように言った。

「おけら長屋の住人たちにとっては、騒動こそが幸せなんでえ。何にも起こらねえなんて、張り合いがなくて、退屈で死んじまわあ。おい、松吉。いつもは、おめえと万造が騒動を起こしてたんでえ。こうなったら仕方がねえ。おめえ一人で騒動を起こせ」

「無理を言うんじゃねえよ。騒動なんてもんは起こそうと思って起きるもんじゃねえや」

「例えばよ、おめえが年増《としま》の後家《ごけ》に手を出して、怒り狂ったお栄ちゃんに刺されるなんてどうでえ」

「ふざけるねえ。なんで、おれが刺されなきゃならねえんでえ」

お栄は懐に手を入れる。

「八五郎さん。刺すのはこれでいいですか」

お栄は出刃包丁《でばぼうちょう》を取り出した。松吉は身を震《ふる》わす。

「お、おめえ、なんで、そんなもん持ってるんでえ」

「なんでって、こういうものは、すぐに使えるようにしておかないと……」

「油断も隙《すき》もねえってえのは、このことだぜ」

「あらっ」

お染が素《す》っ頓狂《とんきょう》な声を出した。お栄が暖簾を潜って入ってきた娘に駆け寄る。

「お蓮《れん》ちゃん。久しぶりだねえ」

お蓮は不忍池《しのばずのいけ》の近く、上野北大門町《うえのきただいもんちょう》にある三橋《みつはし》長屋に住んでいる笛職人の娘だ。ひょんなことから、万造と二十五年前に生き別れた母親のお悠《ゆう》を、引き合わせた立役者《たてやくしゃ》だ。

「さあ、座敷《ざしき》に上がってよ」

お蓮は、お栄に背中を押されるようにして座敷に上がった。お染は鉄斎の方に寄って、お蓮が座れる場所を作る。

「どうしたんだい、お蓮ちゃん。本所《ほんじょ》の方に用事でもあったのかい」

「万造さんたちはもう、長崎に着いたのかなあ……」

お蓮は、お染の問いには答えず、独《ひと》り言《ごと》のように言った。

「おやおや、まさか、お蓮ちゃんまで腑抜けになっちまったんじゃないだろうね。そうだねえ……。あれからひと月だから……。ねえ、旦那」

「そうだな。途中で道草《みちくさ》を食わなければ、そろそろ着くころだろう」

松吉が口を挟《はさ》む。

「物見遊山《ものみゆさん》で江戸を出たわけじゃねえから、もう着いてるだろうよ」

お栄がお茶を持ってきた。

「お酒よりお茶の方がいいでしょ。それで、お蓮ちゃん。何か話でもあるの。もちろん、なくたっていいのよ。顔を見せてくれるだけで嬉《うれ》しいんだから」

お蓮は鉄斎を見つめて膝《ひざ》を正した。

「島田さん。私を嫁にしてくれませんか」

鉄斎は鼻の頭を掻《か》く。

「そうか……。お蓮ちゃんを嫁にねえ……。えっ、今なんと言ったんだ」

「だから、私を島田さんの嫁にしてほしいと言ったんです」

一同は静まり返った。お染は顎《あご》を震わせる。

「よ、嫁になるって、ど、どういう……」

「どういうって、こんな簡単な話がわかりませんか。私と島田さんが所帯《しょたい》を持って一緒に暮らすってことですよ」

　お染は絶句している。

　見かねたお栄が――。

「ちょ、ちょいとお待ちよ。嫁、所帯って、自分で何を言ってるかわかってるの」

　息を吹き返したお染が、言葉を重ねる。

「だ、旦那はお武家《ぶけ》で、お蓮ちゃんは町人なんだよ」

「そうなんですよね。だから、嫁じゃなくてもいいんです。一緒に暮らしてくれれば」

　松吉と八五郎は顔を見合わせる。そして、その表情《かお》はゆっくりと緩《ゆる》む。八五郎は松吉の耳元で囁《ささや》く。

「おい。これは面白くなってきたってことじゃねえのか」

「こりゃあ、ひと悶着《もんちゃく》どころじゃありませんなあ。ええ騒ぎになるぜ」

「違《ちげ》えねえや。ああ、身震《みぶる》いがしてきたぜ」

　お蓮は平然としている。お染は鉄斎の袖《そで》を小刻《こきざ》みに引っ張った。

「だ、旦那。まさか、お蓮ちゃんと何か、そういう……、なんていうか、つまり、男と女の、その……」

「そんなことがあるわけないだろう。万造さんが長崎に旅立ってから、お蓮ちゃんに会うのは今日が初めてだ」

お蓮も、お染に食ってかかる。

「島田さんと何かがあったなんて。私はまだ生娘《きむすめ》なんですから」

松吉が八五郎の耳元で囁く。

「生娘って、生々しい話になってきましたなあ」

「ああ。生々しすぎて小便《しょんべん》ちびりそうだ」

お染も黙っていない。

「何にもない二人が、どうして所帯を持つことになるんですか。お蓮ちゃん。ちゃんとわかるように話してちょうだい」

お蓮はお染の方に向きを変えた。

「はは〜ん。お染さん。ずいぶん苛立《いらだ》ってるみたいですけど、お染さんは、島田さんに惚《ほ》れてるってことなんですか」

「そ、そんなことはありません」

「それじゃ、何でそんな言い方をするんですか」

「そんな言い方って、あたしは普通に話してるじゃありませんか」

「どこが普通なんですか。どうみたってムキになってますけど」

お栄が割り込んでくる。

「まあまあ、二人とも落ち着いてよ。お蓮ちゃん。どうして島田の旦那と所帯を持ちたいの。旦那に惚れたってことなのかしら」

お蓮はゆっくりと茶を啜《すす》った。

「私は三橋長屋で、笛職人のおとっつぁんと二人で暮らしてるんだけど、毎日が同じ暮らしの繰り返しでね。もう退屈で、退屈で……。思い出すのは、おけら長屋のみなさんのことばかり」

「騒動が好きなのは、おけら長屋の人たちだけじゃないんだねえ」

お栄は、盆を胸に抱《かか》えながら呟《つぶや》く。

お蓮は目を閉じた。

「楽しかったなあ。万造さんのおっかさんを見つけようとして、あちこちを歩き回って。驚いたり、笑ったり、涙を流したり……。おけら長屋のみなさんと一緒になって前に進んだり、振り出しに戻ったり。私、おけら長屋に住みたいって心の底から思いました。みなさん、面白くて、情け深くて、粋《いき》で、優しくて……。万造さんのために一生懸命に動き回って、何の見返りも求めない」

松吉が笑った。

「見返《みけえ》りを求めようにも、何にもありゃしねえからなあ」

「違《ちげ》えねえや」

八五郎も大笑いする。

「おとっつぁんに『おけら長屋で暮らしたい』って言ったんだけど、怒られちゃった」

松吉は頷《うなず》く。

「そりゃ、おとっつぁんの方が正しい。こんな長屋で暮らしてたら馬鹿になっちまうからなあ」

八五郎も大きく頷く。

「おれもこの長屋に越してくる前《めえ》は、まともだったんだぜ」

だれも八五郎には言葉を返さない。お蓮はゆっくりと湯飲み茶碗《ぢやわん》を置いた。

「おとっつぁんは昔、私に言ってたんです。好きな男《ひと》ができたら、お前の思うようにしろって。だから、亀沢町《かめざわちよう》のおけら長屋に住んでいる男を好きになったから、一緒になりたいって……」

鉄斎は軽く咳払《せきばら》いをする。

「つまり……。私は、お蓮ちゃんがおけら長屋で暮らすための〝当て馬〟ってことなのかな……」

「そ、それは、その……」

お蓮はしどろもどろになる。

お染はふっと息を吐く。それを横目にお栄が——。

「旦那～。残念でしたね～。もう少しで生娘と所帯を持てるところだったのに～」

「私は、そんなことは思っていないが……」

「嘘《うそ》ばっかり。まんざらでもない表情《かお》で、鼻の下が伸びていましたよ」

お蓮が頭《かぶり》を振る。

「そうじゃないんです。島田さんに憧《あこが》れているのは本当です。だって……。おけら長屋のだれかと所帯を持つなら、まず、島田さんって考えるのが普通だよね。そうでしょ」

お栄は目を輝かせる。

「そりゃそうよ。あたしだって、旦那を狙《ねら》ってたんだけど、こんなことになってしまって。ああ、きっと、あたしの先祖が悪いことをした祟《たた》りなのよ」

一番笑ったのは松吉だ。

「わははは。うめえこと言うねえ。怒る気にもなれねえや。ところでよ、お蓮ちゃん。お蓮ちゃんがおけら長屋に越してくるのは大歓迎だぜ。万ちゃんの部屋が空《あ》いてるしよ」

八五郎が割って入る。

「そいつぁ許さねえ。万造の家は野郎《やろう》が帰《けえ》ってくるまで、空き家《や》にしとくんでえ。だれにも住まわせねえ」

「大家《おおや》でもねえくせに勝手に決めやがって。わかったよ。八五郎さんは一回言い出したら後には引かねえからなあ。それに、お蓮ちゃんのおとっつぁんは、だれかと所帯《しょてえ》を持たなきゃだめだって言ってるんだろ」

「ええ。そうなんです」

「そうなると、金太《きんた》か魚辰《うおたつ》ってことになるな。まさか、大家か相模屋《さがみや》の隠居《いんきょ》ってわけにはいかねえだろ。なあ、八五郎さんよ」

「当たり前《めえ》じゃねえか。あんなくたばり損ねえと所帯を持ったところ《そこ》で、すぐに死んじまわあ。まあ、それも一興《いっきょう》だがな。うーん……。金太がいいんじゃねえか。犬でも飼ってると思えば気楽なもんじゃねえか」

お栄が真顔《まがお》になる。

「あたしは辰次《たつじ》さんがいいと思うなあ。真面目《まじめ》だし、お蓮ちゃんと歳《とし》も合ってるじゃない」

「魚屋の辰次さんでしょ。見かけたことはあるけど、話したこともないし、よく知らないのよねえ」

お染は不安げな表情《かお》になる。

「どうかなあ……。辰次さんじゃ、物足りない気がするねえ。お蓮ちゃんは何にでも首を突っ込みたがるし、辰次さんは引っ込み思案《じあん》だろ」

お栄は頷きながらも——。

「でも、そんな二人の方が合うんじゃないのかなあ」

八五郎は松吉の耳元で囁く。

「なんだか、面白《おもしれ》えことになりそうじゃねえか」

「ああ。オチは見えてるような気もするがなあ」

鉄斎はそんな松吉と八五郎を見て、鼻の頭を掻いた。

二

お蓮は上野北大門町にある三橋長屋の路地に入り、自分の家の前に立った。引き戸にかける手が重い。このまま引き戸が開かなければいいと思った。だが、無情にも、いつものように引き戸は開く。奥の四畳半からは、父である竹史郎《たけしろう》の背中が見える。神像《しんぞう》に手を合わせているのだ。お蓮は竹史郎に声をかけることもなく家に上がった。

竹史郎は神像に手を合わせたまま——。

「どこに行ってたんだ」

お蓮は何も答えない。

「どこに行っていたと訊《き》いてるんだ」

「どこだっていいでしょう。どうしてそんなことを、いちいち、おとっつぁんに言わなきゃならないのよ」

竹史郎は神像に向かって呟き出す。

「月神《つきがみ》様。このような娘になってしまったのは、私の信心と寄進《きしん》が足りないからです。申し訳ございません。申し訳ございません。申し訳……」

竹史郎はその言葉を念仏《ねんぶつ》のように繰り返す。お蓮はそんな竹史郎を冷たい目で見つめた。


竹史郎が「月光教《げっこうきょう》」という宗教に足を踏み入れたのは五年前、女房《にょうぼう》のお吟《ぎん》を病《やまい》で亡くしたときのことだ。お吟は享年《きょうねん》三十四だった。弔問《ちょうもん》に訪れたお真木《まき》という近所の女が、位牌《いはい》の前で背中を丸める竹史郎に優しく話しかけた。

「竹さん。悲しいでしょうけど、お吟さんは幸せなんだよ」

「幸せ……。それはどういうことでえ。お吟はこの若さで死んじまったんだぞ」

お真木は声を落とした。

「落ち着いたら、ゆっくり話すから」

竹史郎はずっと、お真木の言葉が心に引っ掛かっていた。

数日後、お真木がやってきた。

「竹さん。『竹取物語《たけとりものがたり》』って知ってるだろう」

「『竹取物語』……。ああ。かぐや姫が出てくる話か」

「そう。あれはね……」

お真木は少しの間をおいた。

「物語じゃないの、本当の話なんだよ」

竹史郎はきょとんとする。

「確か、爺さんが竹林に行くと、光る竹があって、その中に女の子がいた……。その子が美しい娘になって、男どもが奪い合ってよ。それでどうなったかは知らねえが、最後は月に帰《けえ》っちまうって話だろう……。わははは。本当の話って、お真木さん。あんた、気は確かか」

お真木は笑わない。

「この話は何百年も前から言い伝えられてきてね、話がだいぶ変わっちまったけど、かぐや姫がいたのは本当のことなんだよ」

竹史郎は生唾《なまつば》を呑みこんだ。お真木は続ける。

「月には神様がいてね。私たちの暮らしは、すべてこの月神様によって定められているのさ。ひと月、ふた月っていうのも、月神様が決めたことなの。私たちはね、知らず知らずのうちに、月の神様によって動かされているんだよ」

お真木の話し方には不思議な説得力があった。

「特に女の身体は月の満ち欠けに支配されている。女には〝月のもの〟〝月役《つきやく》〟

というものがあるだろう。子供を産むために、月の神様が決めたことなんだよねえ」

竹史郎にも思い当たることがある。

「そう言えば、お吟はよく言ってたな。月の巡《めぐ》りが悪いとか、月の形を見て、そろそろ具合《ぐえぇ》が悪くなるとかよ」

お真木は頷いた。

「お吟さんは気づいていたんだね。ねえ、竹さん。極楽《ごくらく》と地獄《じごく》って本当にあるんだよ。極楽ってどんなところだと思う？」

「極楽っていやあ、争い事もなくて、暖かくてよ。腹も減らねえで、みんなが幸せに暮らしていけるところだろ」

「そうだね。それじゃ、地獄は？」

「地獄って言えばよ……。血の海で浮いたり沈んだりして、もがいてよ。針の山を歩かされて、そりゃ、辛《つれ》えところじゃねえのか」

お真木は小さく頷いた。

「それって、どこかに似てると思わないかい」

竹史郎はすぐに答えることができなかった。

「どこって言われてもよ……」

「それはね、今、私たちが暮らしてる、この世の中だよ」

「この世が地獄……」

「そうさ。だれだって楽をしたいって思うだろ。でも働かなきゃ、おまんまが食べられない。辛《つら》いことがあっても我慢しなきゃならない。百姓は年貢《ねんぐ》を取り立てられて、食うや食わずの暮らしの上に、娘まで売ってるんだよ。血の海でもがいて、苦しんでいるのと同じじゃないか。偉そうなことを言ってるお武家だって、一歩間違えばどうなるかわからない。蟄居《ちっきょ》や切腹《せっぷく》に怯《おび》えながら暮らしてる。地獄そのものじゃないか」

言われてみれば、その通りだ。

「それじゃ、極楽はどこにあるって言うんでえ」

「月にあるのさ」

「月……。お真木さんは、お吟が死んだとき、お吟は幸せなんだって言ったな」

「ああ、言ったよ。お吟さんは、この地獄から月に昇っていくことができたんだから」

「お吟は月に……。極楽に昇っていったと言うのか」

竹史郎はお吟のことを思い出した。竹史郎はお吟と所帯を持っても落ち着くことができず、酒だ、博打《ばくち》だ、女郎買《じょろうが》いだと、お吟を悩ませ、金の苦労もさせてきた。そのため、お吟が病で早死にしたときは、自分を責めたりもした。だが、お吟の死に顔は安らかだった。もし、お吟が月にあるという極楽に昇っていけたのなら、少しは救われる気がした。

「どうして、こんな話を竹さんにするかっていうとね……。今からもう何百年も昔の話なんだけど、竹の中からかぐや姫を見つけて育てたのが、竹さんのご先祖なんだよ」

「そ、そうなのか」

お真木の話など眉唾《まゆつば》だと思っていた竹史郎だが、知らぬ間に、お真木の話に引き込まれている。

「竹さん。あんたの名前に〝竹〟がついているとか、笛職人で竹を扱っているのには理由《わけ》があるんだよ。月神様が決めたことなんだよ」

「お真木さん。あんた、何でそんなことを知ってるでえ」

お真木は声を落とした。

「『竹取物語』では、かぐや姫は月に帰ったことになっているだろう。でも、本当はそうじゃない。かぐや姫はずっとこの国にいるんだよ」

「かぐや姫が月から来たのは、何百年も昔の話じゃねえのか」

「そう。かぐや姫は月神様の娘。私たちとは違って歳をとらない。あたしはね、そのかぐや姫と会ったことがあるんだ。いや、お会いすることができるんだよ」

竹史郎は息を呑みこんだ。

「会ってみたいかい」

竹史郎は操られるように頷いた。


かぐや姫は、根岸《ねぎし》に住んでいるという。それは木立ちの奥にひっそりと建つ一軒家だった。外見はありふれた一軒家なのだが、中に入るとすべての壁は白い布で覆われている。その白い布には一点の汚れもなく、竹史郎の目には輝いて見えた。

竹史郎は、小さく頭《かぶり》を振る。どうも自分は雰囲気に呑まれている。正しいものかどうか、しっかりと見定めねばならないと気を引き締める。

奥の部屋に通されると、正面には御簾《みす》が垂《た》れ下がり、その前には寄進されたと思われる、米、酒、野菜、反物《たんもの》などが山積みされていた。

「竹さん。太鼓《たいこ》の音が鳴ったら、頭を下げるんだよ。かぐや姫様を見ることは許されないからね。目が潰《つぶ》れるよ」

竹史郎の身体は硬直する。太鼓の音が鳴った。竹史郎は御簾の向こうに人が現れた気配を感じた。

「竹史郎とやら、よう来てくれました」

竹史郎は返事をすることもできずに、垂れた頭《こうべ》を少し動かした。

「私は嬉しいですよ。あなたのご先祖様には本当にお世話になりました。その子孫であるあなたと、こうして会うことができたのは月神様のお導きです」

「あ、ありがとうございやす。あ、あっしの、ご、ご先祖が、そんな、え、偉《えれ》え人だとは知りもせず……」

竹史郎は、もごもごと言葉を絞り出す。

「何か、私に尋ねたいことはありますか」

竹史郎は頭を垂れたまま――。

「そ、その、あっしの嫁の、お、お吟の……」

御簾の向こうで、ふっと息を洩《も》らす音が聞こえた。

「ご安心ください。さきほど、月に住むお吟殿に様子をお聞きしました。お吟殿は健《すこ》やかに暮らしていますよ」

「えっ、お吟と話したんですかい。お吟はなんて言ってたんですか」

竹史郎は、思わず頭を上げた。

御簾越しに、髪を下ろした女が見えた。若いのか年老いているのかわからない、不思議な恰好《かっこう》をしている。

「そ、それにお吟は病で死んだんだ。健やかにって、そいつあどういう意味なんですか」

「た、竹さん、なんて言いようだ。畏《おそ》れ多いよ、頭を下げて」

慌《あわ》てるお真木に、かぐや姫は――。

「……ふふふ、よろしいのですよ。竹史郎殿は、わたくしを疑っておられる。では、お吟殿に訊いてみましょうか」

「そ、そんなことができるんですかい」

「ちょっ、竹さん。静かに」

衣擦《きぬず》れの音とともに、フワッとお香の匂《にお》いが漂《ただよ》った。

鈴の鳴る音と、ぶつぶつと何かを唱《とな》える声が響く。しばらくすると、かぐや姫が低い声で呟いた。

「……そうそう。……はい。そうお伝えしましょう」

パンッと、扇で膝を打つ音がして、かぶせるように太鼓の音が鳴った。

竹史郎はごくんと唾を飲み込む。

「竹史郎殿。お吟殿は、こう言っておられます。月の世では病もない。頭が痛いのも目眩《めまい》も吐き気もない。白いご飯をたくさんいただいて暮らしているから心配しないで、と」

竹史郎は、はっとなった。お吟は頭痛と目眩を強く訴えていた。食べても吐いてしまうからと言って、最期《さいご》には粥《かゆ》も口に入れなかった。そんなことは、側にいる者でなければ知りえない。

「私がいなくなって、お前さんが苦しんでいるのは感じていた。だけど、もうやめて。お前さんへの恨《うら》みも全くない。お前さんとご先祖様には、心から感謝しています、と」

竹史郎の目から、自然に涙が流れ出た。

「す、すまねえ。おれは何もしてやらなかったのに……。か、かぐや姫様。お吟にくれぐれもよろしく伝えてやってください」

かぐや姫は再び鈴を鳴らしてぶつぶつと呟く。そして扇で膝を打つ音がすると、太鼓の音が鳴った。

「お吟殿にお伝えしました。たいそう喜んでおられましたよ」

竹史郎は、袂《たもと》で顔を拭《ふ》いて、ずるずると鼻を啜った。

「他に尋ねたいことはありますか」

「あっし……。いや、私も月に昇ることができるのでしょうか。極楽に行きたいってわけじゃねえ……、いや、ないんで。お吟に会ってひとこと謝りてえんで」

「お吟殿も喜ぶでしょう。ですが、それは、月神様がお決めになることです。これからのあなたの心がけ次第でしょう。月神様に感謝の気持ちを持ち続けることです」

太鼓の音が鳴った。かぐや姫が立ち去っていくのがわかる。

「竹さん。もう、顔を上げてもかまわないよ」

竹史郎はぐちゃぐちゃに濡《ぬ》れた顔を、拭《ぬぐ》おうともしない。

「お真木さん。月神様への感謝の気持ちはどうやって表せばいいのか教えてくれ」

「さあ。それは竹さんが自分で考えてくださいな」

お真木はそう言うと、懐から小さな紙包みを取り出し、三方《さんぽう》の上に供《そな》えると手を合わせた。

竹史郎は、この数日後、お真木の口利《くちき》きで月神様の神像を買った。十両だった。お蓮の嫁入りのときのためにと、お吟が貯《た》めた金だったが、竹史郎に迷いはなかった。お蓮の神像に向かって手を合わせていると、心が落ち着き、穏やかな気持ちになる。月神様の神像に向かって手を合わせていると、心が落ち着き、穏やかな気持ちになる。そして、竹史郎は月光教にのめり込んでいき、そのことが原因《もと》で、お蓮とぶつかるようになった。

お蓮はまだ十五歳の娘だったが、月光教には不信な思いしかなかった。

「おとっつぁん。こんな像に十両も出すなんてどうかしてるよ。縁日でも、もっとまともな仏像が百文《もん》で売ってるよ」

「何てことを言いやがる」

竹史郎は月神様の神像に深々と頭を下げた。

「申し訳ございません。まだ半分子供の娘には、月神様の尊さがわからねえんです」

竹史郎はお蓮の方に向き直る。

「姿形で決めちゃいけねえ。大切なのは、この神像の中にある心だ」

「だったら、お金だってそうじゃないの。大切なのは心だっていうなら、十両なんてするわけがない。おとっつぁんは、お真木さんに騙《だま》されてるのよ」

「黙れ。月神様の前で失礼なことを言うんじゃねえ」

「おとっつぁん。お金だ、お酒だって寄進ばかりして、これじゃ釜《かま》の蓋《ふた》が開かないよ」

母親のお吟が亡くなってから、暮らしのやりくりをしているのはお蓮だ。

「おとっつぁんが稼《かせ》いだお金だから、何に使おうがおとっつぁんの勝手だけど、騙されてるのは我慢できない。だいたい、かぐや姫なんて本当にいるわけがないでしょう。いいかげんに目を覚ましてよ。一昨日《おとつい》は正絹《しょうけん》の反物まで寄進したんでしょう。あたしなんか、着物はこれしか持ってないんだよ」

竹史郎はますます、月光教にのめり込んでいった。こうなると何を言っても、馬の耳に念仏、釈迦《しゃか》に説法《せっぽう》、暖簾に腕押し……。お蓮は諦《あきら》めるしかなかった。

だが、お蓮にはどうしても従えない事態が起こった。

「お蓮。かぐや姫様が勧める男と所帯を持ってくれ。いや、そうしなければならねえんだ。そうすれば、お前は必ず幸せになれる。おとっつぁんも、月に昇れることになる。かぐや姫様が勧めてくれる相手だ。間違いなく、お前を幸せにしてくれる」

相手は女房に先立たれた、四十過ぎの商家《しょうか》の主《あるじ》だという。

「冗談じゃない。なんで、そんな男《ひと》と所帯を持たなきゃならないのよ」

お蓮は、夫婦《めおと》になろうと言い交わした男がいると嘘をついた。

「そんな話は聞いてねえぞ」

「当たり前じゃない。話してないんだから」

「相手はどこのだれだ」

お蓮は口籠《くちご》もる。

「ほら、言えねえじゃねえか。嘘をつくな」

「嘘じゃないわよ」

「それじゃ、どこのだれだか言えるはずだ」

「本所《ほんじょ》亀沢町のおけら長屋に住んでいる男よ」

お蓮は自分の口から出た言葉に、自分で驚いた。

三

酒場三祐で呑んでいるのは松吉と八五郎だ。

「松吉。魚辰はどうなってるんでえ」

「湯屋《ゆや》に行ってるらしい。帰《けえ》ってきたら、三祐に来るように伝えてくれと頼んどいたよ」

「まさか、金太に頼んだんじゃねえだろうな」

「馬鹿言ってんじゃねえ。金太に頼んだら一年待っても来やしねえ。お梅《うめ》ちゃんに頼んどいた」

「そいつぁいいや。お梅ちゃんに言われたら嫌《いや》とは言えねえからな」

お栄が徳利を持ってきた。

「よしなさいよ。辰次さんをその気にさせるのは」

八五郎はその徳利を受け取る。

「何を言いやがる。こんな面白《おもしれ》え話を逃《のが》す手はねえだろう。そういうお栄ちゃんだって、表情《かお》がにやけてるじゃねえか。なあ、松吉」

「違《ちげ》えねえや。それに、お蓮ちゃんには魚辰が合うってほざいたのは、お栄じゃねえか」

お栄は長い舌を出した。

「そうだけどさあ。辰次さんを傷つけることになるんじゃないかなあ……」

「そんなことはねえ。魚辰はもう慣れっこになってらあ。何人の女に袖にされてきたと思ってるんでえ。なあ、八五郎さんよ」

「わははは。負け越しどころか一勝もしてねえからなあ」

「幕内力士《まくうちりきし》なら四段目（今の序二段）まで落ちてるぜ」

「わははは。うめえこと言いやがるなあ」

「き、来たわよ」

お栄は何事もなかったように厨《くりや》に戻る。店に入ってきた辰次は、座敷に座っている八五郎と松吉を見て、うんざりした表情を浮かべた。

「おう、魚辰。こっちに来て座んな」

辰次は重い足取りで座敷に上がってきた。

「三祐で待っているのはだれだって訊いても、お梅ちゃんは笑ってるだけで、何も答えない。そういうことですか……」

松吉は、お栄が投げた猪口《ちょこ》を受け取ると、辰次の前に置く。八五郎がその猪口に酒を注いだ。

「あのな、魚辰」

「金なら持ってませんよ」

「そうじゃねえんだ」

「鉄火場《てっかば》には行きませんよ。博打はやりませんから」

「だからよ」

「女郎買いなんて、もってのほかです」

「あのなあ、魚辰さんよ。おれたちが一度でもおめえをそんなところに誘ったことがあるか」

「少なくとも、十五、六回はあったと思いますが……」

松吉が溜息をつく。

「八五郎さんに喋《しゃべ》らせたのが間違《まちげ》えだったぜ。魚辰さんよ。おめえをここに呼んだのは、冗談やまやかしじゃねえんだ。おめえ、お蓮ちゃんを知ってるだろ」

「お蓮ちゃん……」

「そうでえ」

「万造さんのおっかさんを見つけるのにひと役買った……」

「ひと役どころじゃねえ。立役者だぜ。お蓮ちゃんがいなけりゃ、万ちゃんはおっかさんと巡り会うことはできなかったんだからな」

松吉は酒で喉《のど》を湿《しめ》らせた。

「この前《めえ》、その、お蓮ちゃんがおけら長屋にやってきてよ。おけら長屋に住みてえと抜かしやがった。お蓮ちゃんのおとっつぁんは、長屋のことが、すっかり気に入っちまったんだとよ。だがよ、お蓮ちゃんのおとっつぁんは、長屋での独り暮らしは許さねえ。所《しょ》帯《てえ》を持つなら別だと言ったそうでえ」

辰次は横目でお栄を見る。お栄《え》は「本当だよ」という気持ちを込めて頷いた。

「――となるとだ。歳の釣り合えからいって、おけら長屋でお蓮ちゃんと所帯を持てるといやあ、金太とおめえしかいねえだろ。よほどの物好きでねえかぎり、金太がいいって娘はいねえ。そうなると、残ったのは辰次、おめえしかいねえじゃねえか」

辰次は横目でお栄を見る。お栄は「本当だよ」という気持ちを込めて頷いた。

「まあ、酒でも呑めや。おれたちは、お蓮ちゃんがおけら長屋に来ることを歓迎する。器量好《きりょうよ》しだし、気立てもいい。なあ、八五郎さん」

「ああ。おまけに生娘ときてらあ」

辰次は呑みかけていた酒を噴《ふ》き出す。

「な、なんで、八五郎さんがそんなことを知ってるんですかい」

「ほ、本人が言ってたんだから間違《まちげ》えねえ」

松吉は顔をしかめる。

「ったく、余計なことを言いやがって。そ、それで、お栄がよ、『所帯を持つなら辰次さんがいいんじゃない』なんて言ったら、お蓮ちゃん、まんざらでもねえ様子だったよな」

辰次は横目でお栄を見る。お栄は面倒臭《めんどうくさ》くなったのか、素っ気《そけ》なく頷いた。

「どうする、辰次さんよ。おめえだって、そろそろ所帯《しょてえ》を持ちてえと思ってるんじゃねえのかい」

辰次の胸は、ほのかに熱くなってきた。お蓮は一、二度、見かけたことがあるだけだが、器量好しで、確かに気立てのいい娘だ。辰次にも屈託《くったく》のない笑顔を見せてくれる。

――それに……。もし、引っ込み思案の娘を嫁にしたら、この長屋で暮らしていくことができるのだろうか。無理だ、間違いなく無理だ。お里さんや、お咲《さき》さんにいいように使われるのは間違いない。喜四郎《きしろう》さんとお奈津《なつ》さんの夫婦喧嘩の仲裁《ちゆうさい》をして怪我《けが》をし、松吉さんに金を貸して返ってこず、相模屋の隠居に嫌味《いやみ》を言われて泣かされ、金太さんの馬鹿がうつる……。地獄だ。だが、あの、お蓮という娘なら、おけら長屋の連中をうまいこと操れるかもしれない。それが証拠に、万造さんのおっかさん捜しの一件では、万松《まんまつ》の二人と互角に渡り合ったというではないか……。

辰次は次第に熱くなる。お蓮への思いを肯定させる理由《わけ》を次々に考えた。

だが、相手の心の中を見透《みす》かすという点では、松吉の方が二枚も三枚も上手《うわて》だ。

「辰次さんよ。無理にとは言ってねえ。おめえが嫌だってんなら、仕方ねえ。この話はなかったことにしてくれや」

松吉はお栄に——。

「お蓮ちゃんが、ここに来るのはいつだったたっけかな」

「確か……、三日後って言ってたよね」

「悪いが、お栄から断わっておいてくれや。辰次にその気はねえんで、残るは金太しかいねえってよ」

「ちょっと待ってください」

辰次は魚屋だけに、松吉の撒《ま》いた餌《えさ》にすぐ食いつく。

「何でえ。他に用はねえから、帰《けえ》ってかまわねえよ。ここにだって嫌々来たんだろ」

辰次は猪口を持つと、たいして呑めもしない酒を呑みほした。

「嫌だなんてひと言も言ってませんよ。こんな話が出たのも、ご縁だと思います。その縁は大切にしたいと思います」

松吉の口角が少し上がった。

「縁か……。確かにそうでえ。魚辰、おめえ、なかなか乙《おつ》なことが言えるじゃねえか。よし。お蓮ちゃんが来たら、おめえもその席に来い。とにかく、まずはお互《たげ》えをよく知ることが大切《てえせつ》だ。話はそれからじゃねえか。おれに任せておけ」

辰次が小さく頷くのと同時に、お栄は心の中で溜息をついた。

三日後――。

酒場三祐に、松吉、八五郎、辰次、鉄斎、お染が集まっていると、そこにお蓮がやってきた。お蓮が車座《くるまざ》に加わると、松吉がおもむろに――。

「お蓮ちゃん。見かけたことがあるって言ってたが、魚辰こと辰次だ」

辰次は膝を正す。

「辰次です」

八五郎がとってつけたように――。

「真面目な男でねえ。酒は舐《な》める程度、博打はやらねえ、女遊びもしねえ……」

お蓮は屈託のない笑顔を見せる。

「そうなの～。もったいないなあ。私が男だったら、三日にあげず通っちゃうのになあ。博打に、吉原《なか》通い。男はそれくらいでなきゃ」

八五郎の援護は、早くもしくじりとなった。松吉は舌打ちをする。

「いや、辰次は真面目ってんじゃねえんだ。朝が早《はえ》え仕事だからよ、おれたちに付き合っちゃいられねえんだよ。なっ」

辰次は笑顔を作る。

「そうなんですか。私は朝が苦手なんです。暗いうちから起きるなんてできるわけがない。そんな仕事をしている男《ひと》と所帯を持ったら辛いだろうなあ」

松吉もしくじった。

「で、でもよ、朝が早えといっても、そのぶん……」

お蓮は松吉の話など聞いていない様子で——。

「みなさんに謝らなければならないことがあるんです。この前の話なんですけど、半分は本当なんですけど、半分は嘘なんです。おけら長屋の人たちに嘘をつくことなんてできない。おけら長屋の住人になりたい、っていうのは本当です。でも……」

お染が助け舟を出す。

「でも、どうしたんだい。気にすることはないから言ってごらん」

お蓮は頷いた。

「おとっつぁんが月光教という宗教にはまってしまって……」

お蓮は、母親が死んでからの経緯《いきさつ》を細かく話した。

「お金を寄進するくらいなら、まだ我慢できるけど……」

お染がさっきと同じ間《ま》で——。

「けど、どうしたんだい」

「柳原町《やなぎわらちょう》にある兼田屋《かねだや》って木綿問屋《もめんどんや》の嫁になれって。その主は四十過ぎで、お内儀《ないぎ》に先立たれたそうです。その話をおとっつぁんに勧めたのは、月光教のかぐや姫なんです。おとっつぁんは、言うことを聞けば極楽に行けると思い込んでいるんです。私も幸せになれるって言い張るんです。でも、私は嫌。だから、つい……。口から出てしまったんです。亀沢町のおけら長屋に所帯を持ちたい人がいるって……」

お染は微笑《ほほえ》む。

「嬉しいねえ。困ったときのおけら長屋ってことじゃないか。しかし、かぐや姫って……。笑うに笑えない話だねえ」

「話を聞いたら、だれだってそう思うんです。でも、一度信じてしまったおとっつぁんは、もう聞く耳を持ちません」

鉄斎は静かに猪口を置いた。

「人というものはそういうものだ。心の隙に、巧みに入り込まれたら操り人形となってしまう。他人事《ひとごと》だと思って笑ってはいられんぞ」

「そうかもしれないね」

お栄が独り言のように呟いた。八五郎は腕を組む。

「だがよ、もし本当だったらどうするんでえ。何って、かぐや姫でえ。お蓮ちゃんのおとっつぁんは地獄に落ちるかもしれねえんだぜ」

松吉は呆《あき》れ返る。

「ほらね。世の中にはこういう馬鹿がいるからよ」

「なんだと、この野郎。おれはなあ、お蓮ちゃんのおとっつぁんのことを心配《しんぺえ》して言ってるんでえ」

松吉は自分のこめかみを指さす。

「おれは八五郎さんのここの方が心配でえ」

「ふざけるねえ」

「よしなさいよ、二人とも。そんなことよりも……」

お染は一度、言葉を切った。

「お蓮ちゃん。そこまであたしたちに打ち明けたからには、おけら長屋が手を出してもいいってことだね」

お蓮は、お染の目を見つめた。それがお蓮の返事だ。

「どうする、みんな」

松吉は鼻で笑う。

「聞くまでもねえや。お蓮ちゃんがいなけりゃ、万ちゃんはおっかさんと巡り会えなかったんだぜ。万ちゃんに代わって、おれたちがその恩を倍返しにしてやろうじゃねえか」

「八五郎さんはどうするんだい」

「乗りかかった船でえ。どうにでもしてくれや」

「旦那はどうしますか」

「私だけ、仲間はずれってことはないだろうな」

お栄が徳利を運んできた。

「話は決まったみたいだね」

辰次は茫然《ぼうぜん》とする。

（何だ、この流れは。おれとお蓮ちゃんの話じゃなかったのか……）

お染が辰次の耳元で囁く。

「がっかりすることはないよ。魚辰さんが手柄を立てるいい機会じゃないか。そうすりゃ、お蓮ちゃんの心も動くってもんさ。頑張るんだよ」

お染はそう言って、辰次の脇腹《わきばら》を肘《ひじ》で突《つ》いた。

お蓮は帰り、お染は湯屋に行き、鉄斎は用心棒《ようじんぼう》の仕事に出かけた。残ったのは、松吉、八五郎、辰次の三人だ。松吉は二人に酒を注ぐ。

「さてと、どうするかだなあ……」

八五郎はその酒を一気に呑みほす。

「簡単じゃねえか。お蓮ちゃんが魚辰の子を身籠《みご》もったことにすりゃいいんでえ。そうなりゃ、向こうだって手も足も出やしねえ」

松吉は呆れる。

「馬鹿だねえ。そんな、その場しのぎの嘘をついたって、すぐにバレらあ」

「それなら、本当のことにすりゃいいじゃねえか。おう。魚辰。お蓮ちゃんをとっとと孕《はら》ませろ」

お栄の投げた猪口が八五郎の額《ひたい》に当たった。

「八五郎さん、出入り禁止にするわよ」

「痛《いて》えなあ。酒落じゃねえか」

「酒落になってないんだよ」

松吉は座敷に落ちた猪口を投げ返す。

「まずは、そのかぐや姫が騙《かた》りだってことを、竹史郎っていうお蓮ちゃんのおとっつぁんにわからせなきゃならねえな。さもねえと、また同じことの繰り返《けえ》しになる」

お栄が口を挟む。

「その、お真木って女の人に近づいて月光教に入れてもらう、っていうのはどうかしら。そこで、かぐや姫の化《ば》けの皮をひん剝《む》いてやるのよ」

八五郎は呑みかけの猪口を置いた。

「だ、だからよ、そんなことをして、もし、かぐや姫が本物だったらどうするんでえ。地獄に落ちるかもしれねえんだぞ」

「こういう馬鹿がいるから、騙りが商売《しょうべえ》になるんだよなあ」

「う、うるせえ」

「あのう……」

辰次が小さく右手を挙げた。

「こっちも騙りの宗教を作って、お蓮ちゃんのおとっつぁんをその気にさせるってえのはどうでしょうか。こっちの宗教の方を信じさせるんでさあ」

しばらく静けさが続いた。

「申し訳ねえ。余計なことを言いやした」

「いや、いけるかもしれねえ」

松吉に続いてお栄も——。

「面白いかもしれないわね」

「よし。その線で考《かんげ》えてみようじゃねえか。さて、どうするかな……」

「あのう……」

辰次が、か細い声を出した。

「向こうがかぐや姫なんですから、こっちもお伽噺《とぎばなし》ってえのはどうでしょうか」

松吉の表情《かお》が明るくなる。

「冴《さ》えてるじゃねえか、魚辰さんよ」

「やっぱり色恋が絡むと力を発揮するのよねえ。ところでさ、宗教になりそうなお伽噺ってあるのかしら」

八五郎が——。

「も、『桃太郎《ももたろう》』なんてどうだ」

松吉が手をひとつ、ポンと叩《たた》いた。

「いいねえ。それじゃ、魚辰を桃太郎にしてやらあ。八五郎さんが猿。おれが犬。鉄斎の旦那がキジだな。竹史郎のところに行ってよ、このきび団子《だんご》をあげるから、かぐや姫とは手を切ってください……。って、馬鹿野郎。そんなことでうまくいくわけねえだろ。他にねえのか」

お栄が——。

「『鶴の恩返し』なんてどうかしら」

松吉が手をひとつ、ポンと叩いた。

「いいねえ。お栄。おめえが鶴の神様になれ。お栄が竹史郎の家に入《へえ》り込んでよ、私は機《はた》を織るので、決して覗《のぞ》かないでください、とか言ってよ……。だ、駄目よ。竹さん。覗いちゃ嫌って言ったでしょう……。って、馬鹿野郎。そもそも、長屋は四畳半一間しかねえだろ。他にねえのか」

辰次が――。

「『浦島太郎《うらしまたろう》』なんてどうですか」

お栄が首を傾《かし》げる。

「『浦島太郎』っていうと、確か、いじめられていた亀を助けたら、亀が竜宮《りゅうぐう》城《じょう》に連れていってくれて、呑んだり食ったりって話でしょう」

「そうです。かぐや姫は、大昔に竹林の竹の中で自分を見つけて育ててくれたのは、竹史郎さんの先祖だと言ったんでしょう。こっちは、亀を助けてくれたのは竹史郎さんの先祖だと言うんですよ」

松吉は手酌《てじゃく》で酒を呑む。

「なるほどねえ。で、その話をだれが言いに行くんでえ」

「だれかを亀の生まれ変わりってことにすればいいんです。かぐや姫は何百年も歳をとらないんでしょう。亀の生まれ変わりだって同じようなもんですよ」

「亀だと～」

「亀ですよ」

お栄は不安げな表情《かお》になる。

「でもさ、かぐや姫は、寄進すれば、竹史郎さんが月にある極楽に行けるって信じさせてるわけでしょう。こっちはどうするのよ」

「お蓮さんの話によると、竹史郎さんは昔、呑む・打つ・買うの三道楽だったそうじゃありませんか。女房のお吟さんが亡くなって改心したそうですが、人の心根なんてそう簡単に変わるもんじゃないですよ」

「何が言いたいのよ」

「あっしは死んだ祖父《じい》さんから、この話を聞かされたんですが、浦島太郎は竜宮城で乙姫《おとひめ》様から呑めや踊《おど》れのもてなしを受けるんです。乙姫さまは飛びっ切りのいい女だそうです。祖父さんは乙な人でね、内緒で教えてくれたんですよ。竜宮城でのタイやヒラメの踊りっていうのは、女のことなんです。言ってみれば、竜宮城は吉原《なか》みたいなもんなんですよ。松吉さんなら、極楽と竜宮城とどっちに行きたいですか」

「そ、そんなもん、竜宮城に決まってるだろうが……。い、痛《いて》え」

今度は松吉の額に猪口が飛んできた。

「竹史郎さんは遊び人だったんですよ。かぐや姫よりも、こっちの話に乗ってくるはずです。〝竜宮教〟ってえのはどうですか。神様は乙姫様ですよ」

お栄が手を挙げた。

「やりたーい。乙姫様はあたしがやりたーい」

松吉は真面目な表情になった。

「馬鹿馬鹿しいにもほどがあるがよ、万ちゃんがいなくなって、おけら長屋がまともになったなんぞと言われたら、万ちゃんに対して申し訳が立たねえ。どうせやるなら、とことん馬鹿馬鹿しいことをやってやろうじゃねえか」

「そうだよ。それがおけら長屋ってもんだよ」

「そう言えば……」

松吉が呟いた。

「半年くれえ前《めえ》だったかなあ。奥山でよ、浦島太郎の芝居《しべえ》があったじゃねえか」

「あった、あった。ぜんぜんお客が入らなくて、三日で千秋楽《せんしゅうらく》になっちゃって、芝居よりも、その話の方が面白かったっていう芝居でしょ」

「確か、あの芝居《しべえ》を書いたのは、井川香月《いがわこうげつ》じゃなかったか」

井川香月は、おけら長屋の裏にある金閣《きんかく》長屋に住む物好きな戯作者《げさくしゃ》だ。松吉は、さっそく井川香月のところに乗り込んだ。

「香月先生はいるかい」

井川香月は手酌で酒を呑んでいた。

「おお。松吉さんじゃないか。珍しいな。一杯やっていかんか」

松吉は乱暴に雪駄《せった》を脱《ぬ》ぎ捨てると、座敷に飛び上がる。

「先生。浦島太郎の芝居のことだけどよ」

井川香月の表情《かお》は曇る。

「忘れかけていたところなのに、またその話か。あれはウケると思ったんだがな。乙姫役の役者が初日の朝に、亀をやる役者と駆け落ちしやがって。すぐに乙姫役の代役を立てなければならんかった」

「だれがやったんでえ」

「わしがやった……。乙姫の台詞《せりふ》を覚えているのは、わしだけなんだから仕方なかろう。客席から下駄《げた》だの、雪駄だのを投げつけられて大変だったわい。こ、これは内緒にしてくれよ。白粉《おしろい》を塗りたくっていたから、乙姫がこの井川香月だということに気づいてる者はおらんようだからな。わははは」

「おれだったら出刃包丁を投げつけてやるわ……って、そんな話はどうだってい
い。浦島太郎の芝居をやったときの衣装《いしょう》は残ってねえか。ちょいと貸してほしいんでえ」

「小屋の衣装部屋にあると思うがな。まだ新品同様だぞ。なんせ、三日しか使っていないからな。わははは」

松吉はそのまま、浅草《あさくさ》の奥山《おくやま》にある芝居小屋へ走った。

四

竹史郎が神像に向かって手を合わせていると、引き戸の外から女の声がする。

「ごめんください」

竹史郎は土間《どま》に下りて、引き戸を開いた。

「どちら様でしょうか……。な、何だ、あんたは」

そこに立っていたのは、髪の毛で頭の上に二つの輪を作り、白い着物に桃色の

袴《はかま》、青い帯を腹の前で結んだ若い女だ。貝殻の首輪を幾重《いくえ》にも下げ、派手な化粧をしている。

「あ、あ、あんたはだれなんですか」

女はにっこりと微笑んだ。

「乙姫でございます」

竹史郎は後退《あとずさ》りをしながら――。

「ど、どちらの乙姫さんでしょうか」

「どちらのって、乙姫と言えば竜宮城に決まっているでしょう」

「竜宮城……」

竹史郎は何気なく女の足下《あしもと》に目をやった。

「くわぁ～」

竹史郎は三尺《しゃく》（約九十センチメートル）ほど後ろに飛び退《の》いた。そして腰を抜かす。

「な、な、何だ。これは……」

竹史郎は顎を震わせながら、顎よりも激しく震える手で指さした。何者かが乙姫の足下で四《よ》つん這《ば》いになっている。身体全体は緑色で、甲羅《こうら》のようなものを背負っている。

「亀でございます。今日は、この亀と一緒にお礼を言いに参りました」

乙姫と亀は家に入ってきた。竹史郎は腰を抜かしたまま、後退りしていく。

「か、勝手に入《へぇ》ってこねえでくれ。た、助けてくれ～」

竹史郎は座敷に這い上がると、這って奥の壁へと逃げる。乙姫と亀も座敷に上がってきた。だが、亀は手を滑《すべ》らせて土間に落ち、地面に鼻を打ちつけた。

「おいらは亀だ。スッポンじゃねえ。スッポンポンだ」

亀は鼻血を流しながら這い上がってきた。もう、竹史郎に逃げ場はない。

「ひ～」

竹史郎は月神様の神像を鷲《わし》づかみにすると、両手で胸に抱え、目を閉じた。

「月神様、お助けください。月神様、お助けください」

乙姫は竹史郎の正面に座った。

「怖がることはありません。お礼を言いに来たと申したではありませんか」

竹史郎は身体を震わせ、目を閉じたまま――。

「お、乙姫様と、か、亀に礼を言われるようなことは何もしてねえと思いやすが……」

「それは、あなたが知らないだけです。私の話を落ち着いて聞いてください。竹史郎さん。あなたの先祖が、この亀を助けたのです。もしもし、亀よ、亀さんよ。お前を助けてくれたのは、この男の先祖に間違いありませんか」

「おいらは亀だ。スッポンポンだ」

「亀もこのように申しております」

竹史郎はゆっくりと目を開いた。

「あっしの先祖が……」

「そうです。あなたの先祖は浦島太郎なのです」

「あっしの先祖が浦島太郎……。そんなはずはねえ。あっしの先祖は竹林の中でかぐや姫を見つけて育てたんだ。浦島太郎なんかじゃねえ」

竹史郎は月神様の像を強く抱きしめた。

「そうではありません。あなたの先祖の浦島太郎は、この亀が、子どもたちにいじめられているところを助けたのです。亀はお礼に浦島太郎を竜宮城にお招きしました。竜宮城は殿方《とのがた》にとって極楽です。美酒《びしゅ》に酔《よ》い、美女たちと戯《たわむ》れ、眠ることも忘れてしまうほどです」

竹史郎はしばらく考えていたが――。

「どうして、今ごろ、その末裔《まつえい》のあっしに礼などを言いに来たんですかい」

乙姫は口籠もる。

「そ、それは……。浦島太郎が亀を助けて竜宮城に来てから、今年がちょうど五百年という節目の年になるからです。それに、亀は万年生きると言われていますが、この亀も年老いて、もう長くは生きられません。命のあるうちに、あなたにお礼を申したいと。ねえ」

乙姫は寝ている亀の頭を拳《こぶし》で殴《なぐ》った。

「スッポンポン」

「このように、多少わけがわからなくなっていますが、最後の力を振り絞って、お礼を言いに参ったのです」

亀はまた眠りに落ちた。

「私は竜宮教という教えをこの世に広めています。もし、あなたが竜宮教を信じて信仰してくだされば、あなたの死後、あなたを竜宮城にお迎えいたします。美酒に美女。お望みとあれば〝タコイカ〟博打もできます」

「な、なんですかい。その〝タコイカ〟博打ってえのは……」

「壺《つぼ》の中に入っているのは、タコかイカかを当てる博打です」

「壺の中が〝丁《ちょう》か半《はん》〟じゃなく、〝タコかイカ〟かってんですかい」

竹史郎の目が輝いてきた。

「もし、カニが出たら掛け金は五倍になります」

「オイチョカブでいう〝アラシ〟みてえなもんじゃねえか」

竹史郎の目はさらに輝く。

「竹史郎さんは、一《いち》か八《ばち》かの大勝負がお好きのようですね」

「あっしは江戸っ子だからねえ。オイチョカブの世界じゃ〝アラシを呼ぶ男〟って呼ばれてましてね」

乙姫はここが攻めどきと見極《みきわ》めた。

「そもそも、極楽などというところは、穏やかに暮らすだけで、三日もいれば飽きてしまいます。竜宮城はね、楽しいだけではありません。博打で負けたら、酒が呑めなくなります。ですが、大勝ちすれば、タイやヒラメの活《い》き造《づく》り。竹史郎さんも、それがどんなことかおわかりですよね」

乙姫は片目を瞑《つむ》ってみせた。

「博打ってもんは、そうじゃなくっちゃいけねえ。それが博打の醍醐味《でえごみ》ってもんでえ」

「それに、竜宮教は、金だの品物だのといった寄進を求めません。信じる心だけで信者は救われるのです」

乙姫は持っていた袋の中から、木彫りの像を取り出した。

「これは、竜宮教の守護神〝亀様〟の像です」

それは、亀の頭に似せて彫った像だった。見ようによっては生々しい形だ。

「さあ。その胸に抱えている像を捨てて、この亀様の像に手を合わせるのです。竜宮教を信仰するのです。そうすれば、あなたは竜宮城で酒池肉林《しゅちにくりん》の暮らしができるのです」

「酒池肉林ってえのは何ですかい」

「吉原《なか》で言うところの〝総揚《そうあ》げ〟のようなものです」

竹史郎はゆっくりと息を吸い、そして、ゆっくりと吐いた。

「竜宮教を信仰すれば、間違《まちげ》えなく、竜宮城に行けるんですかい」

「竜宮教の教祖、この乙姫が申しているのですから間違いありません。あなたは亀様を助けた浦島太郎の末裔です。特別にお屋敷《やしき》をご用意いたしましょう」

「本当ですかい」

「さあ、そこに亀様の像を置いて手を合わせなさい」

引き戸の隙間《すきま》から中の様子を覗いていた松吉は、辰次の半纏《はんてん》の袖を小刻みに引く。

「魚辰さんよ。今のところ万事うまく進んでるみてえだぜ。おめえの言った通りじゃねえか。酒と博打と女の話を持ち出したら、奴《やっこ》さん、前に乗り出してきやがったぜ」

辰次は松吉を押しのける。

「お栄さんは機転《きてん》が利きますからね。五百年の節目だなんて、とっさに出ませんよ。松吉さん。今度はあっしの番ですからね。それにしても、金太さんがおとなしくしていてよかったですね」

「ああ。マタタビを嗅《か》がせておいたからな」

「あはは。猫じゃないんですから」

「代われ、魚辰。おれに覗かせろ」

だれかが松吉の肩を叩いた。

「何をしてるんだい」

松吉は覗きながら、その手を払い除《の》ける。

「うるせえなあ。何をしてたっていいじゃねえか」

肩の叩き方が強くなった。

「あたしはこの家に用事がある者なんだけどね」

松吉が振り返ると、何となくお里を思わせる女と、尼のような着物を着た女が立っている。

「そこをどいてくれないかい。竹史郎さんを訪ねてきたんだからさ」

女は割り込むようにして、松吉と辰次を押しのけた。そして、引き戸を開いて中に入っていく。

「松吉さん。あ、あれは、かぐや姫じゃ……。そ、そうですよ。かぐや姫ですよ」

「ま、まじかよ。こりゃ、とんでもねえことになるぜ。こんな狭《せめ》え四畳半で、かぐや姫と乙姫が鉢合わせするなんざ、前代未聞《ぜんだいみもん》じゃねえか」

「奥山の浦島太郎の芝居《しべえ》より面白くなることは、間違《まちげ》えねえでしょうね」

「いいか。魚辰。いつでも逃げられるようにしとけや」

「ええっ〜。助けに入《へえ》るんじゃなくて、女房を置いて逃げるってんですかい」

「うるせえ。逃げるが勝ちって都都逸《どどいつ》を知らねえのか」

松吉と辰次は引き戸の上と下から、中を覗き込んだ。

「竹史郎さん。ちょいと、お邪魔させてもらいますよ」

「お、お真木さん」

「今日はかぐや姫様をお連れしました」

「かぐや姫様を……」

竹史郎は平伏《へいふく》した。

「大丈夫ですよ。今日はかぐや姫様のご尊顔を拝しても目は潰れないから。ところで、竹さん。お客さんだったのかい……」

お真木は座敷に座っている女に目をやった。

「な、なんだい。この女《ひと》は。町内で俄《にわ》か芝居でもやろうってえのかい」

お真木は土間に目をやると、後退《あとずさ》る。

「きゃ〜。死んでる。亀のようなものが鼻血を流しながら死んでる」

亀はゆっくりと目を開いた。

「おいらは亀じゃねえ。スッポンポンだ」

亀はまた目を閉じた。

「た、竹さん。この人たちは何なんですか」

竹史郎は戸惑う。

「よくわからねえが、竜宮城から来た乙姫様と亀らしい」

「何でそんな人がここにいるんだよ」

「おれの先祖は浦島太郎で、五百年前《めえ》に、この亀を助けたそうだ。そのお礼を言いに来てくれたんだ。それで、竜宮教って教えを信仰すれば、死んでから竜宮城に行くことができるそうだ」

お真木は、尼の恰好をした女をすがるような目で見る。

「かぐや姫様……」

乙姫にはこの場にいる者たちの立ち位置が呑み込めた。かぐや姫は優しい口《く》調《ちょう》で――。

「竹史郎殿。そのような騙りを信じてはいけません。あなたの先祖は、竹の中にいた私を見つけて育ててくれたのです。本人である私が言っているのですから間違いありません」

乙姫も黙ってはいない。

「お言葉ですが、この亀も竹史郎さんの先祖に助けられたのです。助けられた本人が言っているのですから間違いありません」

「この亀って、どう見たって、いや、見ようによっては人に見えるではありませんか」

「あなただって、かぐや姫のくせに、どう見たって、そこらへんにいる年増の女じゃありませんか」

かぐや姫も受けて立つ。

「年増とは失礼な。私は何百年も歳をとらないのです」

「そうかしら。白粉でシワを隠しているように見えますけど」

乙姫は自分の顔を擦《こす》ってみせた。

「ほら、私なんかシワひとつないでしょう。かぐや姫さんもやってみてくださいよ。歳をとらないのなら、シワだってないんでしょう」

「お黙りなさい」

かぐや姫は何気なく亀の頭の像に目をやった。

「こ、これは何ですか」

乙姫は亀の頭の像を、かぐや姫の前に置いた。

「竜宮教の守り神、亀様の像です。神様ではなく亀様です」

かぐや姫は、その像を手に取って、頰《ほお》を赤くする。

「す、素敵……」

かぐや姫は、その亀の頭の像に頰ずりをした。

「欲しい……。な、何をやらせるのですか」

「かぐや姫さん。あんたが勝手にやってるんでしょ！」

「お黙りなさい。私は竹史郎殿に話があるのです」

かぐや姫は竹史郎の方に向き直った。

「竹史郎殿。娘を嫁《とつ》がせる話はどうなったのでしょうか」

「それが……。娘がどうしても嫌だと申しまして……」

かぐや姫の表情《かお》は険《けわ》しくなる。

「やはりそうでしたか。昨晩、竹史郎殿が教えに従わないかもしれないと、月神様からお告げがあったのです。心配になって出向いてきましたが……」

かぐや姫はおもむろに手印《しゅいん》を結んで、厳《おごそ》かに言い放つ。

「……このまま、月神様のお指図に従わなければ地獄に落ちると、月神様がおっしゃっています。親子ともども地獄に落ちてもよいのですか」

お真木も煽《あお》る。

「そうだよ、竹さん。かぐや姫様は、竹さんのご先祖に育てていただいたご恩をお返ししたいと、心の底から思ってくださっているんだよ。そのことを娘さんに話して納得してもらっておくれよ。極楽に行って、お吟さんに謝りたいんだろ。ね、竹さん」

乙姫が片膝をついた。

「ようよう。本人が嫌だって言ってんだから、無理強《むりじ》いするんじゃないよ」

乙姫の口調が変わってきた。かぐや姫は片袖を捲《まく》った。

「余計な口を挟まないでおくれよ。先に唾をつけたのはこっちなんだからね」

かぐや姫の口調も変わってきた。

「唾をつけるなんて、かぐや姫が使う言葉じゃないよ。せめて、目をつけたとか、手を出したとか言いなさいよ」

「同じようなもんじゃないか」

「黙れ。年増のシワ女」

「きぃ〜。小便臭《しょんべんくさ》い小娘《こむすめ》が〜」

かぐや姫が爪を立てて、乙姫に襲《おそ》いかかった。

「来るなら来やがれ」

乙姫の平手が、かぐや姫の頰に当たる。お真木が乙姫の髪の毛を引っ張った。

竹史郎が三人の間に割り込む。

「やめてください。落ち着いてください」

引き戸が開いて、松吉が飛び込んできた。

「やめねえか。い、痛《いて》え。この婆《ばばあ》。引《ひ》っ掻《か》きやがったな」

かぐや姫、お真木、乙姫、竹史郎、松吉の五人は、入り乱れて取っ組み合いとなった。寝ている亀は、頭や、顔や、甲羅を踏みつけられても起きることはなかった。

五

鉄斎とお染の前で正座をしているのは、松吉、お栄、辰次の三人だ。

「まったく、何てことをしてくれたんだい。あんたたちは」

松吉は頭《こうべ》を垂れる。

「面目《めんぼく》ねえ」

「しかも、お栄ちゃんまで一緒になって」

「だって、乙姫の着物が着たかったんだもん」

お染は呆れる。

「聞くところによると、あらすじを考えたのは、辰次さんだってえじゃないか。馬鹿馬鹿しいとは思わなかったのかい」

辰次は真顔《かんげ》だ。

「よくよく考えた上でのことです。かぐや姫が訪ねてくるまでは、万事うまくいってたんでさあ」

お染は鉄斎に酒を注ぐ。

「旦那もなんとか言ってくださいよ」

鉄斎はその酒に口をつけた。

「唯一の救いは、八五郎さんを連れていかなかったことだな」

「違《ちげ》えねや」

松吉とお栄と辰次は大笑いして膝を崩した。

「呑気《のんき》なことを言ってる場合じゃありませんよ。香月先生に借りた衣装はビリビリにしちまって、あたしがぜんぶ縫い直したんですからね。お蓮ちゃんの家だって滅茶苦茶《めちゃくちゃ》にしちまったそうじゃないか」

松吉は爪痕《つめあと》の残った頬を撫《な》でる。

「先に手を出したのは向こうだからよ」

「あたしだって、髪の毛で頭の上に輪を作るのに一刻《いっとき》（二時間）もかかったんだから。それなのに落ち武者《むしゃ》みたいになっちゃって。許せないわ」

お染は溜息をつく。

「まったく……。これじゃ、お蓮ちゃんに合わせる顔がないよ」

「それが、そうでもないですよ」

お栄が振り返る。

「お蓮ちゃん」

お蓮は輪の中に加わった。

「そうでもないって、どういうことだい」

「おとっつぁんは、松吉さんたちの竜宮教はまるで信じちゃいません。でも、同時に、月光教は何かおかしいと思い始めたみたい」

松吉は自慢げな表情《かお》になる。

「ね。そうでしょう。おれたちは、そこまで考えた上で事を起こしてるんだからよ。い、痛《いて》え」

お栄が松吉の頰を指先で突《つっ》いた。

「でも、そう思うのが当たり前よ。かぐや姫が〝先に唾をつけた〟だなんて言うわけがないよ。何百年も歳をとらないっていうのに、白粉の下はシワだらけだし、極めつけは、どさくさに紛れて、亀の像を懐にしまおうとしたんだから」

「あれは、どうしても欲しかったみてえだなあ。わははは。かぐや姫が聞いて呆れるぜ」

お染は、お蓮に――。

「それで、竹史郎さんは何て言ってるんだい」

「何年も心から信じてきた宗教ですからね。疑いは持っても、簡単には……」

お染は猪口の酒を吸い込むように吞んだ。

「そうかい……。それじゃ、あたしたちの話を聞いてもらおうか」

「あたしたちって……」

「あたしと旦那だって、高見の見物を決め込んでいたわけじゃないさ。気になったのは柳原町にある木綿問屋、兼田屋だよ」

松吉が食いついた。

「かぐや姫が、お蓮ちゃんを嫁にいかそうとしてる……」

「そうさ。あたしと旦那は、その主がかぐや姫に騙されてると見立てた。若いお蓮ちゃんを嫁にさせるとそそのかして、かなりの寄進をさせたんじゃないかってね。木綿問屋なら、あたしの仕立て仲間が必ず出入りしているはずだ。だから、あたしたちは動き出したんだよ」

鉄斎は手にしていた猪口を置いた。

「かぐや姫は、その話が進まず、業《ごう》を煮やして、自《みずか》ら竹史郎さんのところに乗り込んできたのだろう」

「それで、何かわかったんですかい」

お染は頷いた。

「兼田屋に出入りしている仕立て仲間に、お千佳《ちか》さんて女《ひと》がいてね。お千佳さんは兼田屋で起こっていることをよく知ってたよ。主の宇平《うへい》は二年前、女房に先立たれ、そのことがきっかけで、月光教に入信したそうだ」

お蓮は拳を握り締める。

「おとっつぁんのときと同じ手口だわ」

「主の宇平さんは月光教に寄進をするようになり、番頭さんも手を焼いているそうだよ。兼田屋に出入りしているのは、やっぱり、お真木って女だ。そして、後《のち》添《ぞ》えの話を持ちかけた。月神様が勧める娘を嫁にすれば極楽に行けるとでも言ったんだろうよ」

松吉は腕を組んだ。

「かぐや姫と兼田屋はグルかもしれねえと思ったが、兼田屋の主も騙されてるってことだな。まあ、騙す方がいけねえのは当たり前《めえ》だが、生《い》き馬《うま》の目を抜くってえのが江戸って町でえ。騙される方にも荒療治《あらりようじ》がいるってこった」

松吉はしばらく考えこんでいたが――。

「よし。魚辰さんよ。いよいよ、おめえの出番がきたぜ。おれとお栄は、お蓮ちゃんのおとっつぁんに面が割れてるからよ」

辰次は何かに気づいたようだ。

「松吉さん。それで、あの騒動のとき、あっしには中に入《へえ》るなって言ったんですかい」

「こんなこともあろうかと思ってよ。もちろん、お染さんと旦那にも手伝ってもらいますぜ。お蓮ちゃん。まあ、見ててくれや。万ちゃんとおっかさんを引き合わせてくれた借りは、きっちりと返させてもらうからよ」

松吉は徳利を握ると、その酒を一気に呑みほした。

竹史郎は月神様の神像の前で手を合わせている。昨夜からずっと手を合わせたままで一睡《いっすい》もしていない。

お蓮が昨日の昼過ぎに家を出てから戻ってこないのだ。断りもなく家を空けたことなど一度もない娘だ。変わった様子はなかった。ただ、竹史郎が月光教にのめり込むにつれ、ぶつかることも多くなり、話すことも滅多になくなった。

「ごめんくだせえ」

引き戸が少し開いて、男の声がする。竹史郎は神像に手を合わせたまま振り向きもしない。

「入ってくんな」

土間に入ってきた足音は止まった。

「お蓮さんのことで話があって参《めえ》りやした」

竹史郎が振り返ると、そこには半纏を着た若い男が立っていた。

「お蓮さんのおとっつぁんの竹史郎さんですよね」

「おめえさんは？」

「あっしは、本所亀沢町のおけら長屋に住む、魚屋の辰次と申しやす」

「おけら長屋……」

竹史郎は、その長屋に聞き覚えがあった。

「おけら長屋ってえと、お蓮が所帯《しょてえ》を持ちてえと言った……。お、おめえさんが、その相手か……」

「そうです」

竹史郎は立ちかける。

「てめえ。お蓮をどこに連れ出しやがった」

辰次は冷静だ。

「やはり、こちらにも帰《けえ》ってませんでしたか」

「そりゃ、どういうことでえ」

「あの、上がってもよろしいでしょうか。込み入った話になるかもしれませんので」

竹史郎は小さく頷いた。

座敷に上がった辰次は、竹史郎の前に紙を置いた。

「昨日《きのう》、あっしが仕事から帰ると、家にこの紙切れが置いてありやした」

辰次はその紙切れを手に取って開いた。

《あたしは、辰次さんも、おとっつぁんも裏切ることはできません。だから遠いところに行きます。　蓮》

竹史郎は、その紙切れを奪うようにつかむと、食い入るようにして見つめた。

「お蓮の字に間違《まちげ》えねえ……。これは、どういうことなんでえ」

「竹史郎さんは、お蓮さんに柳原町にある商家の嫁になれと無理強いしていたそうですね。お蓮さんは、竹史郎さんと、あっしの間に挟まれて苦しんでいたんです。本当に辛そうでした。おとっつぁんのことが大好きだったんでしょうね」

引き戸の隙間から、二人の様子を覗いているのは、松吉とお蓮だ。

「魚辰の野郎、なかなかやるじゃねえか。今のところ、見込んだ通りに進んでるぜ」

お蓮は何も言わずに、二人を見守っている。

竹史郎は紙切れを力なく置いた。

「そ、それで、お蓮は……」

「わかりません。心当たりの場所は捜しましたが、ここに帰っていないとなると……」

竹史郎は蚊《か》の鳴くような声で――。

「まさか……」

辰次はもう一度、紙切れを手に取った。

「遠いところに行きます……。お蓮さんは、もうこの世にいないかもしれませんん」

「お蓮が死んだだと……」

竹史郎は肩を震わせて声を絞り出し、辰次に殴りかかった。

「てめえが、お蓮をそそのかすから、こんなことになるんでえ」

容赦のない竹史郎の拳が、辰次の顔面に当たった。辰次の鼻からは血が流れ出る。

「あっしを殴ったところで、お蓮さんは帰《けえ》ってきやしませんよ」

竹史郎は左手で辰次の半纏の胸元をつかむと、返す拳で辰次の頬を殴った。

引き戸の隙間から成り行きを見守っていたお蓮は、松吉の肩を揺《ゆ》する。

「止めて、止めて、松吉さん」

松吉は、お蓮の手を優しく元に戻した。

「辰次に任せたんだ。お蓮さんも腹を括《くく》ってくれ。それが、おけら長屋のやり方なんでえ」

竹史郎は辰次の胸元をつかんだままだ。辰次はその手を振り払おうともしない。

「人を殴ったところで、相手に伝わるのは痛みだけですよ。心には何も伝わりはしません。その痛みだって、十日もすればなくなるでしょう。でもね、お蓮さんは心に痛みを抱えたまま、何年も暮らしてきたんですよ。竹史郎さんには、それがわかりますか」

「うるせえ。お蓮だって、かぐや姫様の言うことを聞いてりゃ、幸せになれたんだ」

竹史郎はまた、辰次の顔を殴った。竹史郎の拳は血だらけだ。お蓮は顔を背《そむ》けた。

「やっぱり、やめまさあ」

辰次は竹史郎の左手を握ると、ゆっくり半纏の胸元からはずした。

「お蓮さんのおとっつぁんを騙すなんてできねえや。それじゃ、かぐや姫と同じってことですからね」

「何を言ってやがる。どういうことでえ」

「お蓮さんは生きていますよ。亀沢町のおけら長屋にいます。安心してくだせえ。

昨夜は、お染さんって女《ひと》と一緒でしたから。あっしと恋仲ってえのも嘘です」

中を覗いていた松吉は焦《あせ》る。

「あの馬鹿野郎。何を言い出しやがったんでえ」

松吉は引き戸を開こうとするが、お蓮はその手をつかんだ。

「辰次さんに任せるって言ったのは、松吉さんでしょう」

辰次は手の甲で鼻血を拭った。

「竹史郎さんの信仰というのは、お蓮さんを苦しめることなんですか。お蓮さんが死ぬほど悩んでいたのは本当のことです。もしかしたら、お蓮さんは本当に死んでいたかもしれねえんですよ」

竹史郎も少し落ち着いてきたようだ。

「お蓮はどうして、その、おけ、おけら長屋ってところに行ったんでえ」

「ちゃんと話を聞いてくれるなら、お話ししましょう」

辰次は、万造の母親を捜すことに、お蓮が深く関わった経緯《いきさつ》を話した。

「あっしは何にもしちゃいませんがね、苦労の連続だったそうです。手掛かりが見つかったと思いきや、何度も振り出しに戻って、その度《たび》に溜息をついて。でも、お蓮さんも、おけら長屋の人たちも諦めなかった。頼まれたからでもねえ、見返りがあるわけでもねえ。お蓮さんは、ただ心の底から、万造さんと生き別れたおっかさんを会わせたかった。その強い気持ちがあった。それだけなんです」

竹史郎は黙って話を聞いていた。

「竹史郎さん。何かを信じるってそういうことじゃねえんですかい。信じる強い気持ちがあって、てめえで動く。諦めずに動く。手を合わせたり、寄進をすることが信じるってことなんですかい。あっしは、そうは思わねえ」

お蓮の頰にひと筋《すじ》の涙が流れた。

「人ってやつはねえ、信者にもなれるし、神にもなれるんですよ」

「信者にも、神にもなれる……」

竹史郎は自問するように繰り返した。

「そうでさあ。お蓮さんは、おけら長屋に救いを求めてきた。そのときから、おけら長屋の人たちは、お蓮さんの神になったんです。見返りなんざ求めねえ。感謝なんかされなくたっていい。自分たちがやりてえから、お蓮さんを救ってあげようとする。そんな人たちのことを神様って言うんですよ。寄進を求めたり、人の運命《さだめ》に口を出すなんざ、神じゃねえんですよ」

竹史郎は月神様の像を見つめた。

だれかが、松吉の背後から声をかける。

「こっちはどうなったかな」

振り返ると、立っているのは、お染と鉄斎だ。

「『仮名手本忠臣蔵《かなでほんちゅうしんぐら》』でいうと、十段目ってとこですかね」

「大詰めじゃないか」

「辰次はいい役者になりましたぜ。芝居でいやあ、稲荷町《いなりちょう》から名題《なだい》に大出世ってとこですかね」

横からお染が口を挟む。

「旦那。急がないと、あたしたちの出番がなくなっちまいますよ」

「そうだな」

お染は引き戸を開いた。

「ちょいと、お邪魔しますよ」

竹史郎は名も知らぬ訪問者に、戸惑いを隠せない。辰次は微笑む。

「おけら長屋の神様たちですよ」

お染と鉄斎は並んで会釈《えしゃく》をする。

「おけら長屋に住むお染と申します。こちらが、同じく……」

「島田鉄斎と申す」

お染は辰次の顔に目をやった。

「おやおや、名誉《めいよ》の負傷《ふしょう》ってやつかい。ずいぶんと派手にやられたもんだねえ。ちょいとお借りしますよ」

お染は帯《おび》の間から取り出した手拭いに、瓶《かめ》の水を柄杓《ひしゃく》ですくってかけた。お染は断りもなく座敷にあがると、その手拭いを辰次に手渡す。

「ほら。これで拭きなさい。いい男が台無しだよ」

お染と鉄斎は、竹史郎と相対して座った。

「かぐや姫のところに行ってきました」

突然の言葉に、竹史郎は返す言葉がない。鉄斎が助け舟を出す。

「昨日のことから話した方がよいだろう。昨日、私とお染さんは、柳原町にある兼田屋の番頭に会った。主は、お蓮ちゃんを嫁にしなければ、兼田屋は潰れると脅《おど》され、三十両もの大金をかぐや姫に渡していたそうだ。番頭は、このままでは本当に兼田屋が潰れると青くなっていたな。兼田屋は骨の髄《ずい》までしゃぶられるところだったわけだ。その足で、私とお染さんは、根岸のかぐや姫を訪ねた。そこで、一緒にいたお真木さんとかぐや姫に鎌をかけた……」

鉄斎はお染を目で促す。

「お蓮ちゃんが書き置きを残していなくなったと。もしかしたら、もうこの世にはいないかもしれないってね。もし、お蓮ちゃんの亡骸《なきがら》が見つかったら、奉行所《ぶぎょうしょ》が調べに来る。その原因《もと》は、あなた方が、お蓮ちゃんを柳原町の兼田屋に嫁入りさせようとしたことだからです。もちろん、兼田屋の主が三十両を払ったことも厳しく問い詰められるでしょう。二人は震え出しましたよ。ねえ、旦那」

「そして今日。根岸の家は、もぬけの殻《から》になっていた。おそらく、叩けば埃《ほこり》の出る体だったのだろう。紛れもなく、月光教は騙りだったということだ」

竹史郎は肩を落とした。お染の表情《かお》は緩む。

「危なかったねえ。竹史郎さん。一歩間違えたら、娘を金で売ったことになるところだったんですよ」

張りつめていた気持ちが解《と》かれた辰次は、忘れていた痛みを思い出して、顔を歪《ゆが》めた。

酒場三祐で呑んでいるのは、松吉、八五郎、鉄斎だ。お栄が盆に徳利をのせて運んでくる。

「さあ。呑んで。ほとんど何にもしなかった八五郎さんの奢《おご》りらしいから」

八五郎は渋い表情で徳利を受け取る。

「仕方ねえだろ、久々にでけえ仕事が入《へえ》ったんだからよ。まあ、小銭も入ったことだから、遠慮しながら呑んでくれや」

「遠慮しねえで、じゃねえのかよ」

みんなが笑った。松吉がみんなに酒を注ぐ。

「しかし、魚辰はなかなかのもんだったぜ。お蓮ちゃんもグッときてたみてえだからな。もしかすると、もしかするかもな。あの二人」

お栄は、うっとりとした表情になる。

「あたしは、うまくいくと思うなあ」

「三橋長屋は不忍池の近くだ。水茶屋《みずぢゃや》も軒《のき》を並べてらあ。湯島天神《ゆしまてんじん》にでも誘ってよ。うめえこと連れ込む……って、魚辰には無理だなあ」

八五郎は酒をあおる。

「何を言ってやがる、最初が肝心でえ。力ずくで押し倒しちまえば……。い、痛《いて》え」

お栄の投げた猪口が八五郎の額に当たった。松吉はその猪口を投げ返した。

「ところでよ、かぐや姫はどこに消えちまったんだろうな」

八五郎が独り言のように——。

「『竹取物語』って、最後はどうなるんだっけかな」

お栄がメザシを持ってくる。

「確か、かぐや姫は月に帰っていくんじゃなかったっけ。ねえ、旦那」

「そうだったな。それじゃ、あの騙りの二人は月に帰ったってことにしておくか」

松吉はポンと手を叩いた。

「その月が雲間に隠れて、これがほんとの雲隠れってか。なんとも乙な幕引きじゃねえか。香月先生に芝居にしてもらいてえくらいだぜ」

お栄が何か考え込んでいる。

「どうしたんでえ」

「『浦島太郎』の話って、最後にどうなるのかなって」

松吉が猪口を置いた。

「香月先生が教えてくれたぜ。竜宮城から帰《けえ》ってきて、土産《みやげ》でもらった玉手箱《たまてばこ》の蓋を開けたら煙が出てきてよ、白髪《しらが》の爺さんになっちまうんでえ。香月先生が言ってたぜ。浦島太郎は欲の皮が突っ張って、見返りを求めたから罰《ばち》が当たったんだろうってよ」

「中に小判でも入ってると思ったのかしらね」

八五郎は鼻で笑う。

「かぐや姫にしろ、浦島太郎にしろ、なんだかすっきりしねえ話だぜ」

そこにやってきたのは、お染だ。

「よかった。まだ呑み始めたばかりのようだね。兼田屋の番頭さんが、お礼だといって、重箱《じゅうばこ》を届けてくれたんだよ」

お染は風呂敷《ふろしき》の結び目を解いて、重箱をみんなの真ん中に置いた。

「どうしたのさ。いつもなら先を争って食べるくせに。小判でも入ってると思ったのかい。そんなわけないだろ。花月《かげつ》の仕出し料理だって言ってたよ。さあ、遠慮しないで食べていいんだよ。これはお礼なんだから。ほら、早く蓋を開いて」

八五郎はその重箱を訝《いぶか》しげに見つめる。

「つまり、この重箱は〝みかえり〟ってことか……。松吉。おめえが開けろ」

「冗談じゃねえや。八五郎さんが開けろい」

お染はみんなの顔を見回す。

「な、何かあったのかい」

お染が重箱の蓋に手をかけると、みんなが「わあ〜」と叫んだ。

辰次が得意先を回っての帰り道、回向院《えこういん》の前を通ると――。

「辰次さん……」

辰次が頬被《ほっかむ》りをはずして、声の方に振り返ると、大きな石灯籠《いしどうろう》の脇から出てきたのは、お蓮だ。

「お、お蓮ちゃん」

辰次は天秤棒《てんびんぼう》を置いて、お蓮に近づいた。お蓮は俯《うつむ》いたままだ。

「ごめんね……」

「何でお蓮ちゃんが謝るんだい」

「だって、おとっつぁんが……」

ゆっくりと顔を上げたお蓮は、辰次の顔を見て吹き出す。

「青痣《あおあざ》だらけ……」

「笑い事じゃないよ。こんな顔じゃ、頬被りでもしなきゃ出歩けやしねえ」

「本当にごめんなさい。でも、辰次さんのおかげで、おとっつぁんは目が覚めた。おとっつぁんは心の底から後悔してる。だから許してあげて……」

　辰次は微笑んだ。それが辰次の返事だ。

「おとっつぁんは褒《ほ》めてたよ、辰次さんのこと。自分のことは棚に上げて、殴られても自分を見失わない骨のある男だって」

「おれは気が弱いだけだから。八五郎さんだったら、お蓮ちゃんのおとっつぁんは半殺しにされてたよ」

「そんなことない。辰次さんは男らしかったよ。あれが本当の強さだと思ったもん。それに……」

　お蓮は辰次の目を見つめた。

「お蓮さんのおとっつぁんを騙すなんてできねえや。そう言ってくれた辰次さんの言葉、あたしは忘れない」

　お蓮はまた俯いた。

「おとっつぁんに言われた。ああいう男と所帯を持てって……」

「竹史郎さんには言ったんだけどなあ。お蓮ちゃんと恋仲だってえのは嘘だって」

お蓮は俯いたまま——。

「早起きが苦手な女でも、辰次さんの女房になれるかな……」

「えっ」

辰次は真顔になる。

「お蓮ちゃん。本気で言ってるのかい」

お蓮は顔を上げて頷いた。

「その前《めえ》に、お蓮ちゃんに確かめてえことがある」

お蓮は不安げな表情《かお》になる。

「お蓮ちゃんは、おれの女房になりてえのか。おけら長屋の住人になりてえのか。どっちなんだい」

お蓮はか細い声で——。

「……。どっちも」

辰次が笑うと、お蓮は長い舌をペロリと出した。

第三話

にたもの

一

澤田彦之進《さわだひこのしん》は信州諸川藩《しんしゅうもろかわはん》で勘定方《かんじょうがた》を務《つと》める藩士だったが、不運にも諸川藩はお取り潰《つぶ》しになってしまった。浪々《ろうろう》の身となった彦之進は失意の中、江戸に出ることにした。江戸には各藩の藩邸《はんてい》が置かれており、信州に留《とど》まるよりは仕官《しかん》の道が開けると判断したからだ。

仕官への道は険《けわ》しく、彦之進は食いつなぐために神田松永町《かんだまつながちょう》にある紙問屋《かみどんや》、相馬屋《そうまや》の用心棒《ようじんぼう》となり、離《はな》れに住み着いた。報酬《ほうしゅう》などはどうでもよかった。雨《あめ》露《つゆ》がしのげて、飯《めし》にありつけることが先だ。

相馬屋は居心地のよい住処《すみか》だった。主《あるじ》の舛次郎《ますじろう》は、歳《とし》こそ若いが好人物で、何かと彦之進を気遣《きづか》ってくれた。相馬屋の得意先には藩邸や旗本《はたもと》も多く、勘定方であった彦之進の助言は大いに役立ち、用心棒としてよりは商《あきな》いの補佐役として重宝された。

彦之進は、何かと面倒《めんどう》な武家《ぶけ》よりも、町人の暮らしに魅力を感じるようになった。そして、彦之進は妻子を持ち、歳月は流れる。武士の身分を捨てたわけではないが、このまま相馬屋で世話になるのも悪くないと思い始めていた。そんな矢先、彦之進を一人の男が訪ねてきた。

日も暮れかけたころ、彦之進は、相馬屋の塀を見て回っていた。毎夕、塀や木戸、蔵の錠前《じようまえ》を、一つ一つ確かめるのが日課だ。

「澤田様、毎日ありがたいことで……」

相馬屋の老番頭《ろうばんとう》、滝蔵《たきぞう》が恐縮する。

「いやいや、これも私の大切な仕事です。勘定ばかりでは、体もなまりますからな」

彦之進は、そう言って笑うと、通りに面した塀の板を順に触《さわ》っていく。滝蔵は、そんな彦之進に、頭を下げた。滝蔵をはじめ相馬屋の奉公人《ほうこうにん》で、彦之進の気さくで真面目《まじめ》な人柄を褒《ほ》めぬ者はいない。

彦之進は、気配を感じてふと顔を上げる。すると一人の武士が、木戸の中を窺《うかが》っているのが見えた。

「何か、ご用ですかな」

彦之進が声をかけると、その男は彦之進に駆け寄り、両肩をつかんだ。

「彦之進。捜《さが》したぞ」

戸惑《とまど》った彦之進だが、すぐに目を見開く。

「じゅ、淳一郎《じゅんいちろう》……。佐々木《ささき》淳一郎ではないか」

彦之進は淳一郎の両手を払い除《の》けると、今度は自分が淳一郎の両肩をつかんだ。そして激しく揺《ゆ》さぶる。

「淳一郎～。懐《なつ》かしい。懐かしすぎるぞ」

彦之進は、淳一郎を近くの居酒屋《いざかや》に誘った。小上《こあ》がりで向かい合った二人は猪口《ちょこ》を合わせる。

「淳一郎。どこで何をしていたんだ」

佐々木淳一郎の身なりは、紛《まぎ》れもない武士だ。だが、〝あれから〟の淳一郎のことは何も知らない。

「諸川藩がお取り潰しになった後、みんな散り散《ぢ》りになってしまった。淳一郎とは、あの二本松《にほんまつ》で別れた……」

「ああ。あそこは城が美しく見えるところだったな。おれは次第に小さくなる彦之進の背中をずっと見つめていた。最後は涙でかすんでしまったがな」

彦之進は、その場面が胸中に浮かんで、目頭《めがしら》が熱くなった。

「淳一郎。あれからどうしていたのだ」

「親類縁者を頼りに、仕官の先を探したが、思うようには進まん」

「それは、だれしも同じことだ」

浪々の身となった武士の苦しさは、彦之進にも痛いほどわかっている。

「おれは未《いま》だに浪々の身だが、淳一郎は仕官が叶《かな》ったようだな」

淳一郎は、彦之進を気遣ってか、嬉《うれ》しそうな表情は見せない。

「つい、この前のことだが、下野国《しもつけのくに》の奥沼《おくぬま》藩にな。小藩だが贅沢《ぜいたく》は言えん。藩からの下命《かめい》があり、昨日《きのう》、江戸に出てきた。風の噂《うわさ》で、彦之進が神田の紙問屋にいることを聞いていたからな。慣れぬ江戸ゆえ、捜すのに手こずったぞ。だが、会えてよかった」

「ところで……。い、いや。何でもない」

彦之進は、ある女の名を口走りそうになったが、その名を呑《の》みこんだ。

諸川藩の勘定方で机を並べていた彦之進と淳一郎は、かけがいのない友であった。彦之進は淳一郎に尋ねたいことがあった。だが、この数年、淳一郎に起こった出来事が、その背後に見え隠れしているようで、気が引けた。淳一郎もまた、そんな彦之進の気持ちを察しているようにも思えた。

淳一郎は酒を美味《うま》そうに呑んだ。

「剣術《けんじゅつ》の稽古《けいこ》の後に、よくこうして酒を呑んだなあ」

「そうだ」

淳一郎は、彦之進の大声に驚いた。

「淳一郎。島田《しまだ》先生が江戸にいるんだ。江戸にいるんだぞ」

「そ、それは本当か」

今度は淳一郎が大声を出した。

彦之進と淳一郎は、諸川藩の剣術指南役《しなんやく》だった島田鉄斎《てっさい》のもとで、剣術の稽古に励んだ。淳一郎の腕前は諸川藩では敵なしだったが、それを鼻にかけることもなく、ひたむきに心の剣を追い求めていた。それが島田鉄斎の教えだったからだ。淳一郎は島田鉄斎に憧《あこが》れ、そして崇拝《すうはい》していた。

「島田先生は、北国の……、確か黒石《くろいし》藩の剣術指南役になられたと聞いたのだが、江戸におられるのか」

「ああ。江戸でも世話になりっぱなしだ。そうだ、淳一郎。島田先生にお会いしたいだろう。お前はどこに寄宿しているのだ。奥沼藩の江戸藩邸か」

「いや、馬喰町《ばくろちょう》の旅籠《はたご》だ。お役目は少し先のようだから、どうにでもなる」

「よし。それなら明日、今日と同じ刻限《こくげん》に相馬屋を訪ねてくれ。島田先生には、この店に来ていただこうではないか。おれから使いを出しておこう。先生も喜ばれるはずだ。さあ、今日は大いに呑もう」

淳一郎は目を輝かせた。

翌日、島田鉄斎は居酒屋に現れた。淳一郎は四半刻《しはんとき》(三十分)前から、膝《ひざ》を正したままだった。

「先生。島田先生……。ご無沙汰《ぶさた》をいたしております」

鉄斎は腰から刀を鞘《さや》ごと抜くと、小上がりにいる二人の前に、腰を下ろした。

「淳一郎。元気そうではないか」

淳一郎の目からは涙が溢《あふ》れ出る。淳一郎は、その涙を拭《ぬぐ》おうともしない。

「まさか、江戸で島田先生にお会いできるとは……。もう、思い残す……、いや、これに勝《まさ》る喜びはありません」

鉄斎は、彦之進が差し出す徳利《とくり》から酒を受けた。

「淳一郎。先生はやめてくれ。私はもうお前さんたちの剣術指南役ではない。その日暮らしの浪人だ」

彦之進は笑った。

「淳一郎。おれも先生にお会いする度《たび》に、そう言われているんだ。だが、おれたちにとって、先生は先生だ。だから先生とお呼びするしかない。そうでしょう。島田先生」

「何度、先生と言えば気がすむんだ」

三人は笑った。淳一郎は鉄斎に酒を注《つ》ぐ。

「先生は今、何をされているのでしょうか」

鉄斎はその酒を舐《な》めるように呑んだ。

「小さな剣術道場で指南役の真似事《まねごと》をしている。それから商家《しょうか》の金蔵番《かねぐらばん》に用心棒。頼まれれば何でもするぞ」

淳一郎は真顔になる。

「島田先生ほどの人が……。先生なら……」

「よせ。淳一郎」

彦之進が止める。

「先生には意味のない話だ。失礼だぞ」

だが、淳一郎は引き下がらない。

「島田先生は武士の手本となるお方です。幕府や大藩《たいはん》の剣術指南役を立派に務められます。それが、金蔵番だの用心棒だのとは……。私は残念でなりません」

「淳一郎。やめろと言っているんだ」

鉄斎は微笑《ほほえ》む。

「よいではないか。淳一郎の正直な気持ちだ」

鉄斎は淳一郎に酒を注いだ。

「長屋暮らしは気ままなものだ。そこには身分も、定めもない。あるのは、人と人との絆《きずな》だけだ。私にはそんな暮らしの方が合っている。それだけのことだ」

彦之進は、鉄斎に再会したときのことを思い出していた。浪人で長屋暮らしをしていると言って笑った鉄斎は、質素だが気品があり、気負いがなく、どこまでも自然だった。諸川藩で剣術指南役をしていたころにも増して、人としての格の違いを感じて圧倒されたのだ。

彦之進は、そんな鉄斎に羨ましさを感じたが、仕官にこだわる淳一郎には、そうは思えなかったのだろう。

彦之進は淳一郎に酒を注ぐ。

「じつはな、淳一郎。おれもこのままの暮らしでいいと思っているんだ。仕官を志《こころざ》すという武士の面目《めんぼく》の前に、人としての生き方があるように思えてな。江戸で島田先生にお会いして、先生の暮らしや、先生が住む長屋の人たちとの関わりを見ていたら、そんな気がしてきたのだ」

「おいおい。仕官できないことを、私のせいにするのか」

「そんなつもりは……」

鉄斎と彦之進は笑ったが、淳一郎は険しい表情《かお》になる。

「彦之進。お前は武士ではないのか。町人を下に見ているわけではないが、仕官するのが武士として当然のことだろう」

場が重くなったので、鉄斎が話題を変える。

「ところで、淳一郎。江戸に出てきたのは藩の御用かな……」

「さようです」

彦之進は、淳一郎の返事に何かを感じた。

「淳一郎。奥沼藩の藩邸には行かず、馬喰町の旅籠に寄宿しているのには、何か理由《わけ》でもあるのか」

淳一郎は言葉に詰まる。

「……い、いや、特に理由などはない」

鉄斎が助け舟を出す。

「まあ、藩の御用とあれば内密にしなければならぬこともあるだろうからな。つまらぬことを訊《き》いてすまなかった」

鉄斎は淳一郎が言いかけた「もう、思い残す……」という言葉を思い出した。

そのときの淳一郎の表情は、まるで暇乞《いとまご》いのように思えた。

鉄斎は淳一郎に酒を注いだ。

「淳一郎。何か心に秘めたものがあるのではないか。お前さんは人に弱みを見せない男だからな。昔からそうだった。私たちは奥沼藩とは何の関わりもない。武家とも無縁の暮らしをしている。私たちに話すことで、気持ちが楽になるなら、話してみたらどうだ」

淳一郎は黙っている。

「先生もこう言ってくださっているんだ。島田先生のことを心の師、おれのことを真の友と思っているなら話してみてはどうだ」

淳一郎はゆっくりと酒を呑んだ。

「上意《じょうい》討ちを命じられた」

「上意討ちだと……」

「相手はだれだ」

「おれの知らない男だ」

しばらく静けさが続いた。

「おれが奥沼藩に仕官できたのは、上意討ちのためだったのだ」

「詳《くわ》しく話してみろ」

淳一郎はもう一度、ゆっくりと酒を呑んだ。

「おれは、仕官先を求めて、縁者を訪ね歩いたり、あてもなく諸国を彷徨《さまよ》ったりしていた。世間の厳しさや冷たさを思い知ったよ。日ごろは何でも相談に乗るなどと言ってくれていた親類縁者からは迷惑がられ、小金を渡され体《てい》よく追い出されたりもした。そんな暮らしが続けば心もすさんでくる。悪い仕事に誘われ、心が動いたこともあったが、そんなときはいつも島田先生のことを思い出した。おれは先生から心の剣を学んだ男だ。へこたれはせんってな」

彦之進と鉄斎は静かに話を聞いている。

「ひと月ほど前のことだ。下野国の奥沼藩内で、剣術大会が開かれるという。武家であれば浪人でも出られる剣術大会だ。結果を残せば仕官の道が開けるかもしれないと思い、志願してみることにした。おれは、七人を勝ち抜くことができた。藩の重役からは、近くの寺で待つように言われた。そして、二日後に藩からの通達があり、奥沼藩に徒士《かち》として仕官が叶うことになった。下士《かし》だが、支度金《したくきん》も不要だという。おれはこの話に飛びついた」

彦之進は頷《うなず》く。

「徒士と言えば、士分。当然の話だ。まして、苦労の連続だったわけだからな」

「そして、藩での仕事や内実も、まだ何も知らないおれに、殿より命《めい》が下った」

「それが、上意討ちだというのか」

「そうだ。そのときになって、おれの仕官が叶った意味がわかったよ。腕の立つ者を捜していたのだろう。返り討ちにあったとしても、どこの馬の骨だかわからない男だからな」

「ひどい話だ。浪人の気持ちを弄《もてあそ》んでいるとしか思えん」

鉄斎が聞きたいのは、それから先の話だ。

「相手は知らない男だと言ったな。すると、相手のことを知っている者が同行しているということか」

「そうです。二人の藩士が国元《くにもと》から同行しています。この二人が江戸にいるという相手を捜し出し、私に討てという下命です」

彦之進は手にしていた猪口を叩《たた》きつけるように置いた。

「危ない役目は淳一郎に押しつけるということか。武士道も地に落ちたものだ」

鉄斎は溜息《ためいき》をついた。

「それで、相手のことは何も聞いていないのか。名前や年恰好《としかっこう》。剣の腕前。そして、上意討ちにされる理由《わけ》だ」

淳一郎も溜息をつく。

「それが……、二人は何も語らないのです。その男を見つけたら知らせるから、それまでは何をしていてもよいと。夜になったら必ず馬喰町の旅籠に戻ることが決まりです。ただ、二人とも剣術にはまるで自信がないと言っておりました。だから、私が選ばれたのだと思います」

鉄斎は淳一郎に酒を注いだ。

「その二人は、相手が江戸のどこにいるのか見当がついているのだろうか。相手も上意討ちを仕掛けられることはわかっているはずだ。易々《やすやす》とは見つけられまい。江戸は広いし、これだけの人がいる。難を極《きわ》めるぞ」

「ですが……。昨日、私が旅籠に戻ると、その二人は、しこたま酒を呑んだようで、寝入っておりました」

彦之進は首を捻《ひね》る。

「島田先生。なんだか雲をつかむような話ですね。二人は捜すつもりがないような……。上意討ちと言えば、鬼気《きき》迫るものがあるはずです」

鉄斎は腕を組んだ。

「それで、淳一郎。お前さんはどうするつもりなんだ。もし、その相手が見つかったら、斬《き》るつもりなのか」

「もちろんです。仕官したからには、私は奥沼藩の藩士です。それが武士の定めです。ただし、闇《やみ》討《う》ちや、不意討ちを仕掛けるつもりはありません。相手が逃げぬというのなら、場所と刻限を決めて、正々堂々と立ち合うつもりです」

彦之進も問いただす。

「淳一郎。上意討ちになる理由《わけ》も知らずに、その相手を斬ることができるというのか」

「できる。だが、相手はかなりの剣客《けんかく》だろう。斬られるのは、おれの方かもしれんがな」

淳一郎は猪口の酒を呑みほした。

二

相生町《あいおいちょう》にある居酒屋、栄屋《さかえや》の座敷《ざしき》で転がっているのは、万造《まんぞう》と松吉《まつきち》だ。

「松ちゃんよ。なんでも屋ってえのは、思ったよりもおいしい商売《しょうべえ》かもしれねえなあ」

「水戸屋《みとや》の旦那《だんな》のことかよ」

昨夜、万造と松吉は、蔵前《くらまえ》にある米問屋、水戸屋の主が、お内儀《ないぎ》に隠れて妾の家に行く段取りを手伝った。昨夜で三度目だ。

二人は金をもらって、近くの居酒屋で呑み続け、妾宅《しょうたく》帰りの主と合流する。そして一緒に呑んでいた体《てい》で、水戸屋になだれ込むのだ。すでに酒が入っている万造と松吉は酔《よ》った芝居《しばい》をしないですむ。お内儀は無理矢理に作った笑顔で三人を迎える。

「まあまあ。お前さん。こんなに酔っ払って」

「万造さん。松吉さん。あなた方は本当に楽しい人たちだ。商いでの苦労を忘れさせてくれる。よし。うちで呑み直そうじゃないか。さあさあ、上がってくださいよ」

主もなかなかの役者だ。

「いえ。もう遅いですから」

「お内儀《かみ》さん。申し訳ありやせん。旦那にすっかりご馳走《ちそう》になっちまいまして。旦那。今夜はここで失礼させていただきます」

「そうか。それは残念だな」

お内儀は胸を撫《な》で下ろす。

「次は必ずお寄りになってくださいね」

呑み食いした上に、これで金がもらえるのだ。

二人は松吉の家で呑み直す。

「看板に書き足してみるか。〝密通手伝い〟ってよ」

「わははは。いいねえ……。って、それが世間に知られちまったら、商売《しょうべえ》にならねえや」

「違《ちげ》えねえや」

引き戸が開いた。入ってきたのは、島田鉄斎だ。

「よっ。旦那じゃねえですか。ちょうど暇《ひま》を持て余してたとこなんで。なあ、松ちゃん」

「お栄《えい》がいねえから、酒をくすねられますぜ。あの野郎《やろう》、亭主《ていしゅ》から酒代を取ろうとしやがるんで」

鉄斎は座敷に上がった。

「それは、よいところに来たものだ。ところで、なんでも屋はうまくいっているのかな」

「ぼちぼちってところですかねえ」

松吉が徳利を持ってくる。

「通夜《つや》で泣くって仕事もありましたぜ。笑っちまって、殴《なぐ》られそうになりましたけどね」

三人は猪口を合わせた。

「今日は万松屋《まんまつや》さんに仕事を持ってきた」

鉄斎の言葉に、万造は手をひとつポンと打った。

「それは、ありがてえや。なあ、松ちゃん」

「旦那の仕事なら何でもやりますぜ。大家《おおや》でも殺すんですかい」

「馬鹿《ばか》を言うねえ。殺すなら相模屋《さがみや》の隠居《いんきょ》の方が先だろう」

鉄斎は二人に酒を注ぐ。

「昨日、澤田彦之進に会ってきた」

松吉は少し考えてから——。

「澤田彦之進ってえと……、勘吉《かんきち》の親父《おやじ》じゃねえですか」

勘吉という名を聞くと、表情がほころ《かお》ぶ万造だ。

勘吉は本名を進太郎《しんたろう》という。二歳で拐《かどわか》されて商家の養子にされた上に、養親《やしないおや》に虐《しいた》げられていた。そんな勘吉と出会い、実の親である彦之進夫婦のもとに戻したのが、万造とおけら長屋の面々だった。

「勘吉は元気でしたかい。このところ顔を見せやしねえ」

「勘吉……。ではない、進太郎には会えなかったが、学問所に通っているそうだ。嫌々《いやいや》のようだがな」

「それでこそ勘吉でえ。学問なんぞが身につくと、融通《ゆうずう》の利《き》かねえ堅蔵《かたぞう》になっちまうからな。それで、仕事ってえのは何ですかい」

鉄斎は、昨日、澤田彦之進と佐々木淳一郎と会ったときの話をした。松吉はメザシを齧《かじ》る。

「それでおれたちに、何を頼むってんですかい。まさか……」

万造が続ける。

「その、佐々木淳一郎って人に、上意討ちをさせねえようにするって……」

鉄斎は小さく頷いた。

「そうできればよいのだが……。その前に、この上意討ちには何か裏がありそうな気がする」

松吉は口に運びかけた猪口を止めた。

「同行してきた二人の藩士ですね」

「そうだ。高田藤兵衛《たかだとうべえ》と甲山福蔵《こうやまふくぞう》という名らしい。佐々木淳一郎とこの二人は、馬喰町にある三徳屋《みのりや》という旅籠に寄宿しているそうだ」

万造は考え込む。

「うーん……。確かに変だぜ。佐々木淳一郎って人に何も話さねえって。それに、上意討ちにする相手を捜してる様子がねえってえのも妙な話だ」

鉄斎は懐《ふところ》に手を入れながら——。

「万松屋さんには、その二人のことを調べてほしい。何をしているのかを知りたいのだ。その二人が上意討ちの相手を見つけない限り、淳一郎が手を下すことはないのだから、淳一郎を見張ることはない。これは彦之進から預かってきた」

鉄斎は万松の前に一分金《いちぶきん》を置いた。

「これは、澤田さんからってことですかい」

「彦之進は心の底から、淳一郎のことを心配しているんだ。私からも頼む。力を貸してほしい」

万松の二人は、お互いの顔を見合わせてから、胸を叩いた。


二日後、万松の二人は鉄斎を栄屋に呼び出した。鉄斎が腰を下ろすと同時に、万造が切り出した。

「旦那が佐々木淳一郎って人から聞いた話は本当なんでしょうね」

「それはどういうことかな」

「どういうことかなって、上意討ちのことですよ。おい。松ちゃん」

万造は松吉を肘《ひじ》で突《つつ》いた。

「確かにその三人は馬喰町の三徳屋って旅籠に草鞋《わらじ》を脱《ぬ》いでやした。まずは一昨日《おとつい》ですけどね。高田藤兵衛と甲山福蔵は昼前《ひるめえ》に三徳屋を出ました。二人が向かったのは浅草寺裏《せんそうじうら》の奥山《おくやま》で」

万造が引き継ぐ。

「芝居見物でさあ。そこで剣劇を観終《みお》わったら、隣の小屋で曲芸。それを観終わったら、隣の見世物《みせもの》小屋に入《へえ》って、ろくろっ首に蛇女《へびおんな》。上意討ちの相手ってえのは、芝居小屋にでも通ってるんでしょうかねえ。だが、だれかを捜しているようには見えねえ。酒も入ってるみてえだし、ありゃ、心底楽しんでまさあ」

松吉が引き継ぐ。

「それから、馬道《うまみち》の料理屋で一杯《いっぺえ》ひっかけてから、馬喰町の三徳屋に帰《けえ》って、それっきりってやつでさあ」

鉄斎は無言だ。万造は酒で喉《のど》を湿《しめ》らす。

「それから、昨日は……。たぶん、昼近くまで寝てたんでしょうねえ。昼過ぎに旅籠を出て、向かったのは湯島天神《ゆしまてんじん》。お参りなんぞをしまして。それから、そのあたりをうろついてたんですがね……」

万造は口籠《くちご》もる。

「ですがね、の後はどうなったんだ」

「松ちゃん。おめえが言えよ」

「万ちゃんが切り出したんじゃねえか。万ちゃんが話せよ」

万造と松吉は歯切れが悪い。

「どうしたんだ。とにかく話してくれ」

万松の二人は渋々《しぶしぶ》頷いた。

万造と松吉は、高田藤兵衛と甲山福蔵の跡をつけていた。

「昨日は奥山で芝居《しべえ》見物。今日は湯島天神で参詣《さんけい》かよ。上意討ちが聞いて呆《あき》れらあ」

万造の呟《つぶや》きに、松吉も頷く。

藤兵衛と福蔵は、参道の茶店で団子《だんご》を食べたり、路地に入ったりして、実に楽しそうだ。

二人が笑い合う声を聞いて、松吉は肩をすくめる。

「まったくだぜ。これじゃ、お上《のぼ》りさんの江戸見物じゃねえか」

藤兵衛も福蔵も、二十後半から三十前半に見える。明るい性質のようで、立ち寄った店の小女《こおんな》や丁稚《でっち》にも、冗談を言っては笑い合っている。

「……上意討ちを控えたお侍《さむれえ》の表情《かお》には見えねえな」

万造も呆れ顔だ。

二人が角を曲がったので、万松の二人も跡を追う。角を曲がると、藤兵衛と福蔵が引き返してきたようで、鉢合わせになった。万造と松吉は惚《とぼ》けて通り過ぎようとするが……。

「すまんが、ちと尋ねたいことがある」

万松の二人は足を止めた。

「拙者《せっしゃ》は江戸に出てきたばかりで、このあたりのことがまるでわからん。そこで、教えてほしいのだが……」

藤兵衛は福蔵に目配せをする。福蔵は小さく頷いた。

「そ、その、つまりだな……。江戸の神社仏閣の近くには茶店や料理屋があって、その、何と言うか、遠回しに言うと、遊女というか、飯盛女《めしもりおんな》というか、そのような遊びができる店があると聞くが……」

「ぜんぜん遠回しになってませんがね」

藤兵衛は万造の耳元で囁《ささや》く。

「そのようなことを、武家に尋ねるわけにはいかん。察してくれんか」

万造は地を這《は》うような声で笑う。

「ふっふっふ……。そういうことですかい。ふっふっふっ……」

松吉も一緒になって気持ちの悪い声を出す。

「ひっひっひ……。お武家さんたちも好きですねえ。ひっひっひ……」

藤兵衛と福蔵も奇怪な声で笑った。

「くっくっく……。拙者たちは江戸での遊び方を知らんのでな」

「ほっほっほ……。作法を知らんと恥をかくかもしれないからな」

四人はそれぞれの笑い方を続けた。

「それで、そのような店を知っておるのかな」

松吉は胸を叩いた。

「もちのろんでさあ。上から下、右から左、若《わけ》えのから婆《ばばあ》、女から男まで、お望みの店にご案内させていただきやすぜ」

「そ、それは真《まこと》か」

「あっしらは、その道にかけちゃ、ちょいと知られた二人でしてね。〝飯盛女請《うけ》負人《おいにん》〟と呼ばれてるんで。まして、江戸がはじめてだってんなら、いい思いをしてもらいてえと願うのが、江戸っ子の心意気ってもんでさあ」

「それは頼もしい限りだ」

「そうだ」

福蔵が声を上げた。

「よかったら一緒にどうだ。その方らに同行してもらえば、拙者たちも心強い。金のことは心配せんでいいぞ」

万造と松吉は顔を見合わせた。

「そういうことでしたら、お供させていただきやす」

「あっしらにすべてお任せくだせえ」

万松の二人は、藤兵衛と福蔵を湯島天神の裏手にある「手毬《てまり》」という料理屋に連れていった。松吉が奥に向かったのを見届けながら、万造は言った。

「あっしらは、江戸の本所《ほんじょ》で〝なんでも屋〟をやってるんで。あっしが万造。相棒が松吉って言いやす」

「拙者は高田藤兵衛。この男が甲山福蔵だ。こんな席だから名前だけにしてもらいたい」

「名前《なめえ》だけわかりゃ充分でさあ」

仕切り役は万造だ。

「いきなりってえのは、野暮《やぼ》だってんで笑われます。まずは半刻《はんとき》（一時間）ほど、ここで酒でも呑んでくだせえ。呑み過ぎちゃいけませんぜ。使い物にならなくなったら、相手に失礼ってもんですから。今、相棒の松ちゃんが段取りをつけに行ってますから、しばしお待ちを」

藤兵衛は感心しきりだ。

「手際《てぎわ》がよいなあ」

松吉が戻ってきた。

「高田さんに甲山さんですかい……。こういう店では、向こうにも客を選ぶことができるんでさあ。嫌がる女に相手をさせるなんざ、江戸じゃ〝野暮天《やぼてん》〟だってんで笑われます。これから、何人かの仲居《なかい》が酒や料理を運んできます。その仲居が高田さんか甲山さんの顔を見て微笑んだら、まあ、その、成立ってことになります」

福蔵は不安そうだ。

「微笑まなかったらどうなるのだ」

「大丈夫《でえじょうぶ》ですよ。そのときは、あっしらが仲居の脇の下をくすぐって笑わせやすから」

「金はどうするのだ」

「先ほどお預かりした一両で充分でさあ。お二人が金を払うことはありませんので、安心してくだせえ」

藤兵衛と福蔵は緊張を隠せない。しばらくすると膳を持った仲居がやってきた。

三十路《みそじ》手前のふっくらとした妖艶《ようえん》な女だ。その仲居は、藤兵衛の前に膳を置くと、科《しな》を作って微笑んだ。仲居が出ていくと、藤兵衛は身体《からだ》を震《ふる》わせる。

「み、見たか、福蔵。微笑んだぞ。間違いなく微笑んだ。なっ、そうだろう。万造さん」

盛り上げるのは万造の十八番《おはこ》だ。

「見ましたぜ。ありゃ、旦那にぞっこんですぜ。こりゃ、大変《てえへん》なことになりますぜ。腰を抜かさねえように気をつけてくだせえよ」

次に膳を運んできた仲居は、しわがれた年増《としま》だ。いや、年増を通り越して老婆《ろうば》だ。その老婆は福蔵の前に膳を置いた。福蔵は仲居と目を合わせないようにするため横を向いた。そして仲居は出ていく。

「な、何だ、あれは。藤兵衛とはえらい違いではないか。あんな女に微笑まれたら、別の意味で腰を抜かしてしまうわ」

福蔵の受け持ちは松吉だ。

「わははは。まだ出てきますって。焦《あせ》っちゃいけやせんぜ。じっくり構《かめ》えてくだせえよ」

また一人、仲居が酒を運んできた。その仲居は福蔵の前に座ると、徳利を差し出す。

「おひとつ、どうぞ」

そして、唇《くちびる》を舐めながら微笑んだ。細身でどことなく翳《かげ》がある女だ。徳利を傾け、襟足《えりあし》の後《おく》れ毛を直す仕草は、浮世絵から抜け出てきたようだ。そして、福蔵の目を見つめ、再び微笑む。猪口を持つ福蔵の手は震えている。注がれた酒が半分こぼれるほどだ。

「あら。どうなさいました」

「い、いや。何でもない」

仲居は小さな声で「では、のちほど」と囁いて出ていった。福蔵が手にしていた猪口からは、すべての酒がこぼれた。

「み、見たか、藤兵衛。聞いたか、藤兵衛。松吉さん。何とか言ってくれ」

松吉は空《から》になった猪口に酒を注ぐ。

「見ましたぜ。聞きましたぜ。ああいう女は情が深いですぜ。羨ましいなあ。半刻後にはあんないい女と……。ああ。堪《たま》らねえなあ」

福蔵は注がれた酒を呑もうとするが、手の震えが止まらず、口に運ぶまでにすべてこぼしてしまった。

「あーあ。もったいねえなあ。畳《たたみ》を酔わせてどうするんですかい。まあ、その気持ちもわかるってもんですが」

半刻ほどしてから、藤兵衛と福蔵は二階へと消えていった。万造と松吉も相《しょう》伴《ばん》に与《あずか》ろうとしたが、相手をできるのは、件《くだん》の老婆しかいなかった。

その話を聞き終えた鉄斎は茫然《ぼうぜん》としている。

「跡をつけて、調べてくれと頼んだ二人とそんなことに……」

「面目ねえ」

万松の二人は同時に頭を下げた。

「ですがね、旦那。それなりの土産《みやげ》はありますぜ。なあ、松ちゃん」

「ああ。上意討ちなんざ、まったくやる気はねえですよ。見てりゃわかりますって。江戸での物見遊山《ものみゆさん》でえ。それに……」

「どうしたのだ」

「面白《おもしれ》え人たちでしたよ。武士だからって高飛車《たかびしゃ》じゃねえし、気軽に冗談だって言える。何よりも、一緒にいて楽しいや」

鉄斎は珍しく嫌味な表情《かお》を見せた。

「そりゃそうだろう。金も払わずに、酒を呑んで飯盛女と遊んだのだからな」

万造は笑う。

「わははは。旦那の言う通りで。ですがね、さらに旦那が呆れ返《けえ》る続きがあるんでさあ」

「ほう。ぜひ聞かせてもらいたいものだな」

「明日の夕刻、また会うことになっちまいまして……」

「今度はどこだ」

「吉原《なか》で花魁道中《おいらんどうちゅう》が見てえなんぞとほざきやがって。旦那。断っておきますがね、おれたちは嫌々行くんですからね。ああ、面倒臭《めんどくせ》えなあ。なあ、松ちゃん」

「そうですよ。それに、あの二人がおれたちと遊んでりゃ、上意討ちの相手を見つけることができねえ。つまり、佐々木淳一郎って人が、その相手を斬らずにすむってことですから」

鉄斎は何かを考え込んでいる。

「旦那。どうしたんですかい。ま、まさか、旦那も一緒に行きてえってんじゃ……。仕方ねえ。他ならぬ旦那の頼みだ。お染《そめ》さんには黙ってますから」

鉄斎は万造の戯言《ざれごと》など聞いていない。

「これはかえって都合のよいことになるかもしれないな。こうなったら、その高田藤兵衛と甲山福蔵という二人と、とことん仲良くなってくれ」

鉄斎は鼻の頭を掻《か》いた。

三

佐々木淳一郎は〝相手〟の顔を知らない。高田藤兵衛と甲山福蔵からの指図がない限り、何もすることがないのだ。この日は昼下がりに、相馬屋の離れに澤田彦之進を訪ねた。

「その後、高田藤兵衛と甲山福蔵は何をしている。上意討ちの相手は見つけ出せそうなのか」

淳一郎は渋い表情《かお》になる。

「よくわからん。何せ肝心なことは何も喋《しやべ》らんのでな。まあ、あの二人には二人の考えがあってのことだと思うが。おれとしては歯がゆいばかりだ」

女がお茶を運んできた。

「妻の律《りつ》だ」

お律は茶を置くと、丁寧に頭を下げた。

「律でございます。佐々木様のことは、何度も伺っておりますので、初めてお会いしたような気がいたしません」

「佐々木淳一郎です」

淳一郎は、襖《ふすま》を閉めて出ていくお律を目で追った。

「彦之進。お内儀がいるとは知らなかったぞ。なぜ黙っていた」

彦之進は心の中で（その答えはお前が一番、わかっているはずだ）と呟いた。

「町家《ちょうか》の出でな。江戸に出てきてから知り合った。嫡男《ちゃくなん》の進太郎は九歳になった」

「子供までいるとは驚きだ」

淳一郎は屈託《くったく》のない笑顔を見せた。その笑顔に、彦之進の心は動いた。

「小百合《さゆり》殿とはどうなったのだ」

彦之進は、先日訊くことができなかった女の名を口にした。

淳一郎は手に取った湯飲み茶碗《ちゃわん》を見つめている。

「すまん。気になっていてな。答えたくなければ聞き流してくれ」

淳一郎は茶を飲むこともなく、茶碗を置いた。

「小百合はいるよ」

「どこにだ」

「ここにだ」

淳一郎は懐に手を入れた。そして細長い紙包みを取り出した。その紙を開くと、そこには黒髪が入っていた。

「そ、それは……」

彦之進の声をよそに、淳一郎はその黒髪を見つめた。

「小百合は自害した……」

彦之進は絶句した。

諸川藩の勘定方だった佐々木淳一郎には、小百合という心の許嫁《いいなずけ》がいた。屋敷が近かったこともあり、幼馴染《おさななじ》みだった二人は、淳一郎が元服《げんぷく》する前から将来を誓い合っていた。

だが、小百合の父は、家格の高い家に娘を嫁がせようと考えており、二人の仲を認めなかった。しかし、淳一郎と小百合は諦《あきら》めなかった。小百合は父が持ってくる縁談を、頑《かたく》なに断り続けた。小百合の父は小百合を可愛《かわい》がっていたから、無理強《むりじ》いはできず、縁談はそれ以上進まない。

淳一郎も自《みずか》らを高めることで、小百合の父を説得しようと努力した。剣術も勉学もいい成績を収め、勤めてからも、上役《うわやく》の評判もすこぶる上々だった。

そんな二人を見かねて、両家の親族が、小百合の父を説得している矢先、突然諸川藩はお取り潰しとなった。二人にとって、いや、諸川藩に関わるすべての者にとっては、まさに驚愕《きょうがく》の出来事だった。

淳一郎と小百合は、悲痛な表情で見つめ合った。

「お父上とお母上は、どうなさるおつもりだ」

「越後《えちご》にある母の実家に身を寄せると言っています」

改易《かいえき》となったからには、藩士は家屋敷を明け渡さねばならない。

「淳一郎様は……」

淳一郎は自らを納得させるかのように、大きく頷いた。

「武士として、なんとしても仕官しなければならない。この地に留まっていても仕方がない。知人や親戚縁者を頼って旅に出るつもりだ」

「では、小百合もご一緒に……」

「それはできん」

小百合は睨《にら》みつけるような目で、淳一郎を見た。

「なぜです」

「あてのない旅だ。旅などと言える生易《なまやさ》しいものではない。浪々の身となった者は、どこへ行っても厄介者《やっかいもの》だ。どんな屈辱にも耐えねばならん。金もすぐに底をつくだろう。橋の下や寺の縁の下で寝ることになるかもしれない。武士の矜持《きょうじ》を持ち続けることができるかもわからん。小百合を連れていけるわけがないだろう」

小百合の目からは涙が溢れ出す。

「私《わたくし》も武家の子女です。覚悟はできています」

「無理だ。乳母日傘《おんばひがさ》で育った小百合に耐えられる暮らしではないのだ」

小百合は淳一郎の胸にしがみついた。

「では、待ちます。淳一郎様が戻るまで何年でも待ちます」

淳一郎には小百合を抱きしめることができなかった。

「先の見えぬ約束などはできん。五年なのか、十年なのか……。街道筋《かいどうすじ》や江戸にも浪人が溢れかえっていると聞く。仕官が叶うのは容易ではないということだ。まして、田舎者《いなかもの》で世を知らぬおれには、どんな苦難が待ち受けていることか……」

「では、私たちはどうなるのですか」

淳一郎は小百合の両肩をつかんで、自分の胸からゆっくりと離した。

「これがおれたちの運命《さだめ》だ。わかってくれ」

「いやです。私はどこまでも淳一郎様についていきます」

淳一郎は、小百合の決意に満ちた声を聞いて、溜息をついた。か弱いお嬢様に見える小百合だが、強い心根を持つ女だと知っていたからだ。

だが小百合が貧しい浪人の妻となり、諸国を放浪する姿など想像できない。きっと耐えられないと思うのは、本当の気持ちだ。

「小百合の母上のご実家は名家だ。そこに帰れば縁談話も来よう。おれのことは忘れて、自分の幸せを考えるんだ」

小百合は、血の気《け》の引いた顔を向けて――。

「な、何を馬鹿な……。あなたでなくていいならば、父が持ってきた縁談を断るなどしなかった。淳一郎様は、わかっているはずです」

小百合は据《す》わった目で、淳一郎を見つめる。

「馬鹿はお前だ」

この瞬間、淳一郎は意を決した。小百合を幸せにするには、これしかない。

「……では、言おう。おれは小百合の家の富と家名が欲しかったんだ。武士として、腐った藩政を立て直すのが使命と信じていた。そのためには大きな力が必要だった。藩もなくなった今となっては、それもう意味がない」

淳一郎の言葉に、小百合は唇を震わせた。

「嘘《うそ》。嘘です」

「これが本音《ほんね》だ。三年前におれの両親《ふたおや》も身罷《みまか》っている。一族も散り散りとなるだろう。それでもおれは、武士として生きて家名を残したい。なんとしても、仕官先を見つけたいのだ。今はそのことだけを考えたい。お前の分まで、責を負う余裕も、思いもない……」

淳一郎の声はかすれている。

「だから、ここで別れよう。今の諸川藩には何千何万という苦しみが渦巻《うずま》いている。小百合までこの苦しみの渦に巻き込まれることはない。小百合には幸せになってほしい。ただ」

淳一郎は、絞り出すように言った。

「お前の隣に、おれはいないというだけの話だ」

小百合の息を呑む音が響く。

「……じゅ、淳一郎様」

小百合は、淳一郎の握りしめた指の間に、血が滲《にじ》んでいることに気づいた。

(私は、淳一郎様と離れたくないという、自分の気持ちだけしか見えていなかった)

淳一郎は一本気な男だ。言葉が足りなくて、よくわからないところもある。しかし、いつも小百合の気持ちを第一に考えてくれた。そして、どんな小さなことも嘘をつかない男だ。小百合は、そんな淳一郎に惚《ほ》れたのだ。

その淳一郎が、嘘を言っている。小百合は、淳一郎が一番やりたくないことを、自分がさせてしまっていると気づいた。

(私だって、淳一郎様に幸せになってほしい。だから、今できることは……)

小百合は、大きく息を吸って、ゆっくりと吐いた。

「わかりました。私は、母の実家に参ります」

小百合の目には、もう涙はなかった。

「小百合……」

呟く淳一郎に――。

「何が起ころうとも、強いお気持ちで仕官されますよう。遠いところからですが、ご武運をお祈りしております」

小百合はそう言うと、微笑んだ。

小百合が自害したと報《しら》されたのは、淳一郎が出立して、国境《くにざかい》を越えようとするときだった。淳一郎はすぐに引き返した。

小百合は安らかな顔をしていた。淳一郎は、小百合の両親《ふたおや》に頭を下げ、遺髪をもらい受けた。

淳一郎の話が終わっても、彦之進には言葉が見つからなかった。

「正直に言うと、あのとき、どうすればよかったのかはわからない。だが、結果として小百合は死んだ。仕官できずに、武士の矜持を失ったら、おれのことを思って自害した小百合に面目が立たん。それゆえ、どんな辛苦《しんく》にも耐えてきた。仕官できたのは小百合のおかげだ。武士として、主君への忠義を全《まっと》うするだけだ。それが小百合への弔《とむら》いだと思っている」

彦之進は心中で唸《うな》った。元来、真面目《まじめ》で一本気だった淳一郎の気質が、小百合の死によって、より一層、頑なになってしまったのだろう。無理もないことだと思えた。淳一郎に上意討ちなどさせたくない彦之進だが、ここでは淳一郎の話を聞くに留めることにした。淳一郎と諍《いさか》いを起こしてしまっては元も子もなくなる。

彦之進は、進太郎が赤子《あかご》のときに拐され、おけら長屋の人たちの尽力によって、取り戻せたときのことを思い出した。淳一郎の上意討ちの件は、島田鉄斎が知っている。島田鉄斎の思いも自分と同じはずだ。ならば、おけら長屋が動き出すのではないか。

「このことを、島田先生に話してもよいか」

淳一郎は何も答えなかった。

万造と松吉は宴席にいた。席を共にしているのはもちろん、高田藤兵衛と甲山福蔵だ。

「いやあ。昨夜《ゆうべ》は楽しかった。吉原《よしわら》が不夜城《ふやじょう》と呼ばれる理由《わけ》がわかった。下野国の色町とは格が違う」

「いや、格などというものではない。豪華絢爛《ごうかけんらん》、賑《にぎ》やかさ、まるで別世界だ」

万造は手を擦《す》り合わせる。

「お気に召していただけやしたか。拙《せつ》も嬉しいでげす」

松吉は万造の額《ひたい》を叩く。

「いつから幇間《てえこもち》になりやがったんでえ。まあ、同じようなもんだけどよ」

松吉は藤兵衛に酒を注ぐ。

「ようよう。結構な呑みっぷりでござんすねえ。いよっ、音羽屋《おとわや》〜」

今度は万造が松吉の額を叩く。

「おめえもやってるじゃねえか」

藤兵衛と福蔵はご機嫌だ。

「あなたたちと一緒にいると、本当に楽しい。江戸での遊びを満喫できるなどとは夢にも思っていなかったからなあ。湯島天神で声をかけてよかった」

「まったくだ。まさに遊びの達人ですなあ。嫌なことや、面倒なことを忘れることができる」

万造は大袈裟《おおげさ》に驚く。

「お二人に嫌なことや、面倒なことがあるとはとても思えませんがね。なあ、松ちゃん」

「ああ。悩み事なんざまったくねえ、能天気《のうてんき》なお武家さんだと思ってましたぜ」

藤兵衛と福蔵は苦笑《にがわら》いを浮かべる。

「それならよいのだがな」

「とにかく、あなたたちには感謝している。拙者たちにできることがあったら何でも言ってほしい」

万造と松吉は顔を見合わせた。

「そりゃ、本当ですかい」

「もちろん、ない袖《そで》は振れんがな。できることなら何でもしよう。武士に二言《にごん》はない」

「それじゃ、お願《ねげ》えしてえことがあるんで。金もかからなきゃ、手間もかからねえって頼み事なんで」

福蔵は身を乗り出した。

「ほう。聞かせてほしい」

松吉は真面目な表情《かお》になる。

「人に会っていただきてえんで。なーに、あっしらの知り合いでね。気心も知れてやすから、気を遣うこともありやせん」

万造は襖を開けて、座敷から出ていった。藤兵衛と福蔵は、突然のことに当惑《とうわく》顔《がお》だ。しばらくすると、万造が一人の浪人とおぼしき男を連れてきた。その男は藤兵衛と福蔵の前に座ると、一礼をする。

「島田鉄斎と申す」

松吉は間髪《かんはつ》を容《い》れずに――。

「あっしたちと同じ長屋に住んでる、ご浪人でさあ」

藤兵衛は何かを察したようだ。

「ちょっと待ってほしい。仕官ということなら、拙者たちに決められる話ではない。上役に話をするくらいならできるが」

万造は笑う。

「そんな野暮なこたあ、頼みやしませんや」

鉄斎は万造と松吉の顔を交互に見る。

「すべて話してしまって大丈夫なのかな」

万造は頷く。

「大丈夫です。あっしと松ちゃんの、人を見る目に狂いはありません」

「あっしもそう思いますぜ。きれいさっぱり話しちまいましょうや」

藤兵衛と福蔵は狐《きつね》につままれたような表情《かお》をしている。鉄斎はおもむろに切り出した。

「佐々木淳一郎のことです」

「佐々木を知っているのですか」

藤兵衛と福蔵の声が揃《そろ》う。万松は思わず吹き出した。

「声が揃ってらあ」

万松も同時に同じことを言って、思わず顔を見合わせた。

「万造さんと松吉さんだって揃ってますよ」

神妙な面持《おもも》ちだった藤兵衛と福蔵も、吹き出して大笑いになる。鉄斎も、すっかり力が抜けて一緒に笑った。

「いやあ、まいったまいった。島田殿、失礼しました。それで、その……」

「ええ、はい。こちらこそ失礼いたしました。佐々木淳一郎は、私が信州諸川藩で剣術指南役をしていたときの、まあ、弟子《でし》のような者です」

「そう言えば、改易となった諸川藩で勘定方にいたと聞いたことがあったな」

鉄斎は改まって膝を正した。

「まず、ここで聞いたことと、話したことは一切口外《こうがい》しないとお約束いたします」

仲居が酒を運んできた。松吉は藤兵衛と福蔵、そして、鉄斎に酒を注いだ。

「澤田彦之進という、諸川藩時代の知人が江戸に住んでおります。この澤田彦之進は、佐々木淳一郎と真の友でした。数日前、突然に佐々木が澤田を訪ねてきました。諸川藩が取り潰しになってから散り散りになった二人が再会したのですから、さぞ懐かしかったに違いありません」

藤兵衛と福蔵は、静かに鉄斎の話を聞いている。

「翌日は、私も交《まじ》えて、一献《いっこん》傾けながら昔話に花を咲かせました。だが、佐々木の様子がおかしい。私と澤田は、何かあると察しました。おこがましいのですが、私が剣術の師、澤田が真の友ということをご理解の上、お聞きいただきたい。私は浪人で長屋暮らし。澤田も今は町人の暮らしをしています。奥沼藩どころか、武家とはまったく無縁の身です。何か心に抱《かか》えているものがあるなら、話してほしいと迫りました。そして、佐々木は上意討ちのことを打ち明けたのです。もちろん、私と澤田はだれにも口外しておりません。ここにいる万造さんと松吉さんは別ですが……」

藤兵衛と福蔵は、しばし目を見開いたが、軽く頷いた。想像以上に二人の態度は恬淡《てんたん》としている。その瞬間、鉄斎は、二人から武士としての覚悟が滲み出ているように感じた。

（やはり、ただの遊び人ではない。たいした御仁《ごじん》らだ）

ふっと息を吐いて、言葉を続ける。

「聞けば、佐々木は上意討ちの相手を知らない。それどころか、上意討ちの理由《わけ》も聞いていないという。佐々木は、上意討ちだけのために仕官が許されたのだと思っています。本当なら酷《ひど》い話です。佐々木は一途《いちず》な男です。武士である以上、相手がわかれば斬ると言い切りました」

鉄斎は、言葉を区切って、二人の顔を見つめる。

「……私と澤田彦之進は、佐々木……、淳一郎に上意討ちなどさせたくありません。相手が剣客なら、淳一郎が斬られるかもしれません。斬るか斬られるかという命のやりとりをさせたくないのです。何としてもやめさせたいと思っています。幸いなことに、淳一郎は相手の顔を知らない。あなた方が、その相手を見つけなければ、淳一郎は手を出すことができない。そこで……」

万造がその話を引き取った。

「おれと松ちゃんが、高田さんと甲山さんを見張ることにしたんです。お二人が上意討ちの相手を見つけなければ、佐々木淳一郎さんは殺すか殺されるかの命のやりとりをせずにすむ。無礼なことを言って、申し訳ありやせん」

万造と松吉は頭を下げた。だが、頭を上げた松吉は笑顔だ。

「あっしと万ちゃんは、高田さんと甲山さんのことが好きになっちまったんですよ。好きな人に嘘はつけねえ。だから、島田の旦那に言ったんです。洗いざらい話しちまいましょうよ、って」

鉄斎は酒を呑んだ。

「高田殿と甲山殿は、その相手を上意討ちにしたくないのではありませんか。私はそう見ました。私は淳一郎に上意討ちをさせたくない。だとしたら、私たちは手を組めるのではないでしょうか」

高田藤兵衛は、注がれたままになっていた猪口の酒をじっと見つめると、口に含むようにして呑んだ。

「……島田殿のご推察、当たらずとも遠からず、……ですな」

甲山福蔵は、大笑いする。

「何を言うか。ほぼ、当たっているではないか」

藤兵衛は、福蔵の笑いにはじかれたように、はっとした表情《かお》をして――。

「そうとも言えるな」

藤兵衛と福蔵は一緒になって笑った。

鉄斎には、この短い時間《とき》で二人が覚悟を決め、それを確かめ合うべく、笑い合ったように見えた。

「ね、旦那。面白《おもしれ》え人たちでしょう」

万造の言葉に、鉄斎は微笑む。

「万松の二人と気が合うはずだ」

松吉が藤兵衛、福蔵、そして鉄斎に酒を注ぐ。

「てえことは、旦那とも気が合うってことなんでさあ」

藤兵衛はその酒を呑んだ。

「島田殿、そして万造さん、松吉さんの気持ちはよくわかり申した。それに、島田殿は誠意あるお方とお見受けしました。そちらがすべて本当のことを打ち明けてくださったのだから、こちらもすべて本当のことを話すのが礼儀というものです」

藤兵衛はそう言うと、福蔵を見る。福蔵はゆっくりと頷いた。

「上意討ちの相手の名は、涌井六右衛門《わくいろくえもん》という拙者たちの友です。そして、上意討ちなどされる謂《い》われもない、善良な男なのです。お恥ずかしい話ですが、我が主君には悪癖《あくへき》がござって……。女です」

藤兵衛は情けない表情になり、福蔵は唇を噛《か》んだ。

「あれは悪癖ではなく病《やまい》です。城内にいる女人《にょにん》、行儀見習いの武家の娘から女中《じょちゅう》にいたるまで、何人もが手込《てご》めにされています。諫《いさ》めた藩士が無礼討ちになったこともあるのです。殿は城下町にもお忍びで出かけ、町人の娘などを物色して城へ奉公させ……。その……、当たり前のことでは満足できないのです」

万造は唸った。

「つまり、手込めにしねえと……」

藤兵衛は頷いた。

「それも、生娘《きむすめ》でなければ……」

松吉は拳《こぶし》で畳を叩いた。

「なんて野郎だ。獣《けだもの》じゃねえか」

「その通りです」

藤兵衛は歯ぎしりをした。

「城には殿様を諫める人がいねえんですかい」

藤兵衛は、声を絞り出すように――。

「信じ難いことだが、藩内には、殿の悪行《あくぎょう》を許し、力を貸す一派がいます。そうして殿を利用し、藩政を牛耳《ぎゅうじ》ろうとしているのです。もちろん、藩内には殿を批判する者が大勢います。ですが、これが公《おおやけ》になれば、藩のお取り潰しは必《ひつ》定《じょう》でしょう。そんなことになれば、奥沼藩士は路頭に迷うことになります。今、藩内では殿を隠居させるために、拙者たちの同志が密《ひそ》かに事を進めています」

話を聞いていた福蔵は、酒を呑みほした。

「涌井六右衛門のことを話しましょう。その日、六右衛門はお忍びで城下に出かけた殿に同行していました。六右衛門は藩随一の剣客で、いわば護衛役です。六右衛門はある料理屋で待つように命じられました。殿は一派の家臣に、物色した娘を別の料理屋に連れてこさせ、手込めにしようとしたのです。六右衛門がその家臣に呼ばれて料理屋に行くと、娘は手込めにされる前に、舌を嚙み切って自害していたそうです」

藤兵衛は沈痛な面持ちだ。

「翌日、六右衛門は殿派である次席家老《がろう》に呼び出されました。そして、娘を手込めにしようとしたのは、六右衛門だったことにしてほしいと告げられたのです」

万造と松吉はのけ反《ぞ》る。

「滅茶苦茶な話じゃねえですか」

「冗談じゃねえ。そんなことがまかり通ってたまるけえ」

藤兵衛は拳を握りしめる。

「料理屋の者たちが娘の悲鳴を聞いており、手込めにされそうになったことは明らかで、逃《のが》れようがない。料理屋には、手込めにしようとした藩士は必ず出頭させて責めは負わせる、娘の家には充分な見舞金を支払うと言って、その場は収めたそうです。六右衛門にも、これは金で解決できることだから、心配はいらぬ、必ず守ると言って説《と》き伏せようとしたのです」

福蔵が続ける。

「ですが、六右衛門はその場で返事をすることができなかった……」

万松の二人は憤《いきどお》る。

「当たり前《めえ》じゃねえか。はい、そうですか、なんぞと言えるけえ」

「そんな汚名《おめい》を着せられて我慢できるわけがねえや」

「次席家老は六右衛門に迫ったそうです。このことが明るみにでれば、奥沼藩はお取り潰しとなろう。それだけは避けねばならん。藩を守るためだ。頼む、涌井六右衛門、と……。次席家老は六右衛門の気質を見抜いていた。殿と次席家老は、六右衛門に罪を認めさせた上で、切腹《せっぷく》させるつもりだったのでしょう。六右衛門もわかっていたと思います」

万造と松吉は治まらない。

「許せねえ。馬鹿殿の野郎。どうしてくれようか」

「よし。八五郎《はちごろう》さんに話そう。こんな話を聞いたら黙っちゃいねえ。下野国まで、その馬鹿殿をぶち殺しに行くぜ」

聞き役に回っていた鉄斎が――。

「それで高田殿。涌井殿は結局、どのような返事をしたのでしょうか」

「明日まで考えさせてほしいと……。六右衛門はこのとき、藩のために腹を切る覚悟を決めていたのです。ですが、さすがに即答はできなかった。六右衛門は独《ひと》り者でしたが、父も母もいます。自分一人ならともかく、父や母にも本当のことを伝えることができず、汚名を残したまま死ぬことができるのか。父や母はどれほどの屈辱に耐えて、生き恥をさらさなければならないのか……。六右衛門は、武士道を貫《つらぬ》く一本気な男です。悩みに悩んだことでしょう」

鉄斎は六右衛門の胸中を察すると、言葉が出なかった。

「その晩、拙者たちは同志を集め、六右衛門と会いました。それとなく状況は把握していましたから。様々な意見が出ました。殿を斬ろうという話も出ました。ですが、とにかく昨夜の出来事の決着をつけなければなりません。丸く収めることができずに、事実が公になれば奥沼藩は終わりです。六右衛門はこう言いました」

《おれは殿の罪を被《かぶ》って腹を切る。後のことは頼んだぞ。何としても殿を隠居させ、弟君を主君としてお迎えするのだ》

「拙者たちも、どうすればよいか、何が奥沼藩にとって最もよい策なのか、わかりませんでした。そして、六右衛門の強い気持ちに流されてしまったのです」

福蔵はそのときのことを思い出したのか、目頭をおさえた。

「決意を固めた六右衛門は、翌日の昼過ぎに登城しました。同輩の話によると、六右衛門は城内の庭園を眺《なが》めていたそうです。六右衛門はこの庭園が好きでした。見納めだと思ったのかもしれません」

藤兵衛は溜息をついた。

「庭園の奥の茶室から女の叫び声が聞こえてきました。よもやと思い、六右衛門が駆けつけると、殿派の家臣三名が刀を抜きました。六右衛門はその三名を峰打《みねう》ちで倒すと、茶室に飛び込みました。つい先日、行儀見習いとして城に上がったばかりの若い娘が手込めにされているところでした」

万造と松吉は、思わず腰を浮かす。

「な、な、なんだそいつあ」

「馬鹿殿なんてかわいいもんじゃねえ、完全に狂ってやがる」

身震《みぶる》いをする二人を横目に、藤兵衛は続ける。

「その光景を目《ま》の当たりにして、六右衛門の心の中で何かが切れたのでしょう。料理屋で町娘を手込めにしようとして自害させたのは、一昨日《おととい》のことです。こんな主君のために、自分は腹を切るのか。六右衛門は殿を斬ろうとして、刀を振り上げた。だが、手は止まる。家臣として、主君を斬ることはできなかった……」

言葉を詰まらせる藤兵衛に代わって、福蔵が話を続ける。

「……六右衛門は、殿を峰打ちにして気を失わせると、娘を連れて城を抜け出し、私と高田がいる城外の詰所に駆け込んできました。拙者と高田しかいなかったのは幸いでした」

藤兵衛はみなに酒を注ぐと、自らの猪口にも酒を注いだ。喉が渇《かわ》くのだろう。

「すぐに追手《おって》がかかることでしょう。拙者たちは、昵懇《じっこん》にしている寺の離れに六右衛門と娘を隠してから、同志に手配して、六右衛門は出奔《しゅっぽん》して北に逃げたという噂を流しました。しかし実際には、追手はかからなかった。六右衛門を斬れる剣客がいなかったからでしょう。返り討ちに遭《あ》えば恥の上塗りですから。拙者たちは金をかき集め、ほとぼりが冷めた五日後に、六右衛門と娘を逃がしたのです」

しばらく静けさが続いた。

福蔵が、鉄斎に徳利を差し出す。

「佐々木淳一郎の仕官が叶った経緯《いきさつ》はお聞きになりましたか」

鉄斎はその酒を受ける。

「はい。奥沼藩で剣術大会があったとか」

「佐々木淳一郎の剣の腕前は群を抜いていました。そして、あの気迫……。剣術指南役であり、佐々木の剣の師であった島田殿は達人なのでしょうな」

「それほどでも……」

福蔵は、鉄斎の謙遜《けんそん》に微笑むと、話を続ける。

「佐々木淳一郎の仕官が決まってすぐに、六右衛門への上意討ちという命が下りました。ご推察の通り、佐々木は剣の腕を買われ、利用されることになったのです。拙者たちが同行の役を買って出ました。もちろん、六右衛門を討たせないためです。同志たちは隠密《おんみつ》に動いており、その関わりは知られていないからです」

「藩主側の者たちは、涌井殿の行方《ゆくえ》をつかんでいるのですか」

「話の出所《でどころ》はわかりませんが、江戸にいるということは知ったようです」

鉄斎は、心持ち声を落とす。

「高田殿と甲山殿は、涌井殿の居場所をご存じなのですか」

二人は同時に頷いた。

「そうですか。ですが、このまま江戸で遊んでいるわけにはいかないでしょう」

藤兵衛は大きく頷いた。

「もちろんです。国元では同志が殿を隠居させる策を進めています。私と甲山はその吉報を待っているのです。さすれば、上意討ちはなくなります。ですが……」

ここで藤兵衛は一度、言葉を切った。

「奥沼藩の江戸藩邸には、殿派の者たちもおります。奴《やつ》らも、六右衛門が江戸にいるという噂を聞きつけ、六右衛門の行方を追っています。奴らが六右衛門の居所を見つけ出したら厄介なことになります。ですが、江戸の藩邸にいる殿派の者たちも、易々とは手を出せんでしょう。六右衛門の剣の腕を知っていますから」

鉄斎は腕を組んだ。

「しかし、江戸藩邸の者たちが、涌井殿の居場所を捜し出し、淳一郎にそのことを知らせたら面倒なことになりますな」

「ええ。藩邸の者たちは、国元で雇われた佐々木の顔を知りません。ですから、拙者たちは、六右衛門に覚《さと》られないためという理由《わけ》を盾《たて》にして、藩邸には近づかないようにしているのです。藩邸の者たちには、拙者たちが馬喰町の三徳屋という旅籠に寄宿していることも教えていません。江戸に着いた日、私と甲山は藩邸を密かに訪ねました。そして、拙者たちが三日ごとに出向き、藩邸の者たちと、お互いが知り得たことを教え合うことにしました」

福蔵が続ける。

「ですが、そのような見え透いた言い訳がいつまで通じるかわかりません。拙者たちは祈るような気持ちで、国元からの吉報を待っているのです」

万造が——。

「ちょいとお尋ねしてえことがあるんですけどね……。そんな切羽詰《せっぱつ》まったときに、飯盛女だ、花魁道中だって、何かの考《かんげ》えがあってやってることなんですかい」

藤兵衛は恥ずかしげな表情《かお》になる。

「まあ、その……。何をしていようが、成り行きが変わるものではない。せっかくの江戸だからな」

福蔵は、ぷっと吹き出して——。

「そりゃあ、吉報が届くための前祝いってやつですよ。なあ、藤兵衛」

「はは、そうだそうだ、そうだったな」

藤兵衛は袂《たもと》で、額の汗を拭うと大声で——。

「万造さん、松吉さん。もし、よかったら、これから千住《せんじゅ》の岡場所《おかばしょ》か、品川《しながわ》あたりに繰り出すなんてどうでしょう」

しばらくの間があってから——。

「偉《えれ》え！」

万造と松吉が同時に叫んだ。

「そうじゃなくっちゃいけねえや」

「それでこそ、男ってもんですぜ」

藤兵衛と福蔵は身を乗り出して――。

「わかってくれるか。さすが万造さんだ」

「あなたたちこそ、真の同志だ。松吉さん」

万松の二人も力強く――。

「吉報が届いた暁《あかつき》にゃ、どーんと派手にやりましょうや」

「千住だ、品川だなんぞとケチなことは言わねえで、吉原《なか》の老舗《しにせ》で、花魁をはべらして、どんちゃん騒ぎといきましょうや」

藤兵衛と福蔵は同時に叫んだ。

「本当ですか」

藤兵衛は万造の、福蔵は松吉の手を取った。四人で声を揃えて――。

「今日まで生きてきてよかった」

鉄斎が大きな咳払《せきばら》いをすると、四人は握り合っていた手を離した。

四

涌井六右衛門と比呂《ひろ》は、大横川の近く、中之郷横川町《なかのごうよこかわちょう》にある丸星長屋《まるぼし》でひっそりと暮らしていた。奥沼藩内で身を隠していた寺の住職が、江戸の押上村《おしあげむら》にある知人の寺に文《ふみ》を書いてくれたのだ。その寺の住職の口利《くちき》きで、この長屋を紹介された。

六右衛門は〝あの日〟まで、娘のことは顔を見たことがある程度で、名前も知らなかった。主君を峰打ちにし、気を失わせた六右衛門に残された道は、腹を切るか、出奔するかしかなかった。六右衛門は後先のことは考えないまま、娘を連れて城から抜け出した。すべてを見ていたこの娘は、いずれ手討《てうち》にされるだろうと思ったからだ。

六右衛門と比呂は寺でかくまってもらい、同志の手引きによって、江戸に逃げることになった。高田藤兵衛たちによると、上意討ちの討手《うって》が藩を出立《しゅったつ》したという話は聞いていないという。上意討ちの話すら出ていないらしい。困ったのは、比呂という娘のことだった。

比呂は馬廻役《うままわりやく》の娘で、行儀見習いを兼ねての登城を命じられた。藩主の悪行は秘されており、噂を耳にしたことはあるものの、比呂の父親には、抗《あらが》う術《すべ》もなかったという。比呂は六右衛門に懇願《こんがん》した。

「江戸に行くなら、私もお供させてください」

「それはできん。おれには追手がかかるだろう。一緒にいては危ない。それに、おれは比呂殿のことは何も知らん。嫁入り前の娘を連れていけるわけがないだろう」

比呂は涙を溜《た》めて、六右衛門を見つめる。

「もう、私に帰るところはないのです。私から父に本当のことを話すなんて、とてもできません。高田様や甲山様にお願いして、それとなく父に伝えていただけないでしょうか。私がこのまま、奥沼藩からいなくなることが一番よいのです。

それしかないのです」

比呂は唇を嚙みしめて、涙を流した。それは声に出しては泣かぬという比呂の強さを表しているようだった。

六右衛門は自分の運の悪さを恨《うら》み、呪《のろ》っていた。だが、この娘も何と哀れなことだろう。聞けば、比呂は十八歳だという。この若さで手込めにされ、帰るところも失った。比呂には何の落ち度もないというのに……。

「わかった……。おれと逃げた先では、どのような地獄《じごく》が待っているかわからない。その覚悟があるなら、おれは比呂殿を守る。守り切れるかどうかはわからんが、命に代えて守ると誓おう。それが武士としての意地だ」

そして、二人は江戸に向かった。


涌井六右衛門と比呂が身を隠す丸星長屋を、一人の浪人が訪ねてきた。六右衛門は刀に手をかけたが、その浪人からは殺気が感じられない。

「島田鉄斎と申す。高田藤兵衛殿と甲山福蔵殿から話を聞いてお伺いしました」

六右衛門は心の中で(できる)と呟いた。殺気も邪気も出さぬ温和な風体《ふうてい》なのに、まったく隙《すき》がない。剣だけではない、書画、陶芸、俳句……。何かで達人の域に達した人物のように思えた。

「涌井六右衛門殿でしょうか」

六右衛門は「はい」と返事をしたが、身体は強張《こわば》っている。島田鉄斎という男が恐ろしかった。そんな自分の思いを見抜かれているような気がしたからだ。

「とりあえず、お上がりください」

鉄斎は壁にかかっている女物の着物に目をやった。

「比呂殿のことはお聞きになっていますか」

鉄斎は頷いた。

「比呂殿は出かけておりまして、しばらくは戻りません。狭いところですが、どうぞお上がりください」

殺風景な部屋だったが、きれいに整頓《せいとん》され、塵《ちり》ひとつ落ちていない。鉄斎は腰から鞘ごと刀を抜くと、座敷に上がり、六右衛門と相対した。

「涌井殿が出奔した理由《わけ》をお聞きしました。胸中お察しいたします」

六右衛門は一礼した。

「それで、どのようなご用件で……」

「奥沼藩から上意討ちの討手が出立したことはご存じですね」

「はい。討手が奥沼藩を出立する前に、高田から書状を受け取りました。押上村にある源濤寺《げんとうじ》に届いたもので、住職が拙者に届けてくれました。高田たちが江戸に着いてからのことは何も知りません。藩邸の者たちに、ここが知れてはなりませんから」

「討手となる佐々木淳一郎のことは……」

「何でも、剣客として仕官が叶い、すぐに上意討ちの命が下ったとか。酷《こく》なことをするものです」

島田鉄斎という男が、訪ねてきた理由《わけ》はわからないが、高田藤兵衛と甲山福蔵が心を許した人物であることは間違いない。

「私が涌井殿に会いに来た理由をお話ししましょう」

六右衛門は背筋《せすじ》が寒くなった。島田鉄斎に心の内を知られていると思えたのは、間違いではなかったようだ。

「私は以前、信州諸川藩で剣術指南役を務めておりました。取り潰しになってから久しいですが」

六右衛門は心の中で（やはり剣術の達人だったか）と呟いた。

「そのときの門弟《もんてい》の一人が……」

「佐々木殿だというのですか」

「察しがよいですな。その通りです」

鉄斎は、諸川藩改易後、佐々木淳一郎が仕官を望み、歩んできた苦労を話した。小百合という許嫁が自害した話はしなかったが……。

「島田殿。佐々木淳一郎殿というのは、どのような人物なのでしょうか」

「清廉潔白で一本気な男です。なので、融通が利かないのが欠点ですが」

「島田殿の門弟であるというなら、かなりの使い手なのでしょうね」

「剣の腕は諸川藩で右に出る者はいませんでした」

六右衛門は厳しい顔つきになった。

「高田と甲山とは、以前からの知り合いだったのでしょうか」

「いえ。偶然に知り合いました。そんなことよりも……」

六右衛門は、鉄斎の口から次に、どんな言葉が出るのか身構えた。

「江戸に出てきた佐々木と久しぶりに会いました。そして上意討ちのことを聞きました。涌井殿のことは、名前さえ聞かされていないと申していました。それどころか、上意討ちにされる理由も聞かされていないと。私は尋ねました。何も知らぬ相手を斬ることができるのかと……」

「佐々木殿は何と……」

「〝斬る〟と、言いました。上意討ちのために利用されたとしても、仕官したからには奥沼藩の藩士。主君の命に従うのが武士というもの。ただし、不意討ち、闇討ちの類《たぐい》はしない。相手が逃げ隠れしないのであれば、場所と刻限を決めて、斬るにせよ、斬られるにせよ、正々堂々と立ち合いたいと申しておりました」

六右衛門の目が輝いた。

「佐々木殿は武士の鑑です。出奔したとはいえ、拙者も武士の端《はし》くれです。峰打ちとはいえ主君に刃《やいば》を向けたからには、覚悟はできています」

鉄斎は伏し目がちになった。

「やはり、そうなりますか……。私は、佐々木とあなたを立ち合わせたくありません。二人とも武士という鎖に縛られているだけです。命のやりとりをすることなどないのです。私はこのまま、涌井殿のことを見つけられないまま、時間《とき》が過ぎていくことを願っています。ですが、どこで何が起こるかわからないのが世の中というものです」

鉄斎は顔を上げると、六右衛門をじっと見つめる。

「佐々木淳一郎に、あなたが出奔に及んだ経緯《いきさつ》を話してもかまいませんか。さすれば、淳一郎の気持ちが変わるかもしれません。涌井殿の承諾なしには話すことはできませんので」

六右衛門は、背筋を伸ばした。

「筋を通していただき、痛み入ります。ですが、それはやめていただきたい。拙者の話を聞いて哀れと思い、佐々木殿が上意討ちを思い止《とど》まっては心外です。武士の面目に関わります。佐々木殿が拙者の前に現れることがあったら、拙者も正々堂々と立ち合うまでです。それが佐々木殿に対する武士としての礼儀というものでしょう」

鉄斎は両手を膝に置いた。

「そうですか……。ここに足を運んだのは無駄なようでした。残念です」

六右衛門は深々と頭を下げた。

「ご意向に沿うことができず、申し訳ありません。ですが……」

六右衛門は頭を上げた。そして、鉄斎が訪れてから、はじめて朗《ほが》らかな表情《かお》になった。

「会ってみたいです。その、佐々木淳一郎殿に……」

鉄斎は一礼をして立ち上がる。

「それでは失礼いたします」

外に出ると、陽は西の空に傾いていた。

鉄斎はその夕陽に向かって「似たもの同士か……」と呟いた。

佐々木淳一郎は、島田鉄斎が師範代を務める誠剣塾《せいけんじゆく》に向かっていた。鉄斎に剣術の稽古をつけてもらうためだ。

江戸に着いてからは何もすることがなく、身体がなまっている。いつ、その相手が見つかっても立ち合えるように、勘を取り戻しておかなければならない。だが、本音は、久しぶりに鉄斎の剣に触《ふ》れてみたいのだ。竪川《たてかわ》に架《か》かる一ツ目之橋《ひとつめのはし》を渡ると、背中から声をかけられた。

「佐々木淳一郎殿ですか……」

振り返ると二人の武士が立っている。淳一郎はいつでも刀を抜けるように、右手の指に気を集中させた。

「奥沼藩江戸詰の者でござる。佐々木淳一郎殿に間違いはありませんか」

「いかにも。佐々木淳一郎です」

淳一郎と同年代の藩士だが、さすがに江戸詰、垢《あか》ぬけて見えた。

「少しばかり、お付き合い願いたい」

二人の奥沼藩藩士は、淳一郎を回向院《えこういん》の裏手にある茶店に誘った。

「神尾孝三郎《かみおこうざぶろう》と申す」

「住谷慶吾《すみたにけいご》と申す」

神尾孝三郎は前置きもなく、本題に入る。

「上意討ちのため、高田藤兵衛殿と甲山福蔵殿と三名で下野国を発《た》ち、江戸に入られたと思うが、江戸に入られてからのことをお聞かせいただきたいのです」

これだけのことを知っているなら、奥沼藩の者に間違いない。ならば隠し立てすることは何もないはずだ。

「拙者は、上意討ちの相手となる方の名前も顔も存じ上げません。高田殿と甲山殿が、その相手を見つけ出し、拙者が討つことになっています。ですが、高田殿と甲山殿は手こずっている様子です」

茶が運ばれてきた。二人は淳一郎に茶を勧めた。

「やはりな」

「間違いなかろう」

神尾と住谷は囁き合った。話し始めたのは神尾だ。

「佐々木殿は仕官されたばかりで、奥沼藩の事情をご存じないと思われますが……」

淳一郎にとっては恥じるべきことではない。

「その通りです。何の役目も果たしていないままに上意討ちの命を受けました」

あたりに人の気配はなかったが、神尾は周りを気にする素振《そぶ》りを見せた。

「じつは……。奥沼藩には、殿に忠義を捧げる我々一派と、殿を隠居させて弟君を主君に据え、藩を意のままに操ろうとする城代《じようだい》家老の二派に割れているのです」

淳一郎には、はじめて聞く話だった。

「上意討ちにする相手は、涌井六右衛門という者です」

「涌井六右衛門……」

淳一郎は、その名を繰り返した。

「殿を闇討ちにしようとして失敗し、それに利用した女と共に出奔しました」

「大罪《たいざい》ではありませんか」

驚くべき話だった。

住谷が続ける。

「高田藤兵衛と甲山福蔵は城代家老一派です。涌井六右衛門の仲間ということです。あの二人のことは調べてあります。二人は江戸に着いた日、江戸藩邸を訪れていますが、寄宿の場所などを明らかにしません。その理由《わけ》も納得のいくものではありませんでした。江戸の町に不慣れな田舎侍《ざむらい》の二人です。跡をつけて寄宿場所を調べるなど容易《たやす》いことでした」

神尾は茶を啜《すす》った。

「あの二人は、涌井を捜そうともせず、浅草見物や、町人とつるんで女郎買《じょろうが》いまでしている始末です。それを知り、高田と甲山は、城代家老一派だと確信したわけです」

淳一郎には思い当たることだらけだった。

「高田殿と甲山殿が……。そうでしたか……。それで、お手前方は、その涌井殿の居所はつかんでいるのでしょうか」

住谷は小さく頷いた。

「だいたいの見当はついています。ですが、江戸詰の者で、涌井のことを知っている者は少なく、その者が今、国元に帰っております。一両日中にははっきりすると思います。佐々木殿……」

神尾と住谷は、淳一郎を見つめた。

「それが、涌井であるとはっきりすれば、討ち果たしてくれますな」

「当然のことです。拙者は奥沼藩の藩士です。ですが、涌井殿が望めば、尋常に勝負を挑《いど》むつもりです」

「その言葉を聞いて安心しました。では、そのときがきたら、高田と甲山には気づかれぬように使いを出します。ところで、佐々木殿はこれからどちらへ……」

淳一郎は左手で刀の柄《つか》を摩《さす》った。

「この先の剣術道場で、汗を流そうかと思いまして。涌井殿はかなりの剣客とか。油断は禁物です。それから……。拙者の跡をつけるのはやめていただきたい。やましいことは何もありませんので。それでは……」

淳一郎は二人に背を向けて歩き出した。

淳一郎が誠剣塾を訪ねると、島田鉄斎は奥の座敷で茶を飲んでいた。

「島田先生。稽古をつけてもらいに参りました。一手、お願いいたします」

「そう慌《あわ》てるな。まずは茶でも飲んだらどうだ」

鉄斎は門下生を呼んで、茶を頼んだ。

「江戸は不慣れなもので、大横川を越えてしまい、引き返してきました」

淳一郎が誠剣塾を通り過ぎたのは幸いだった。少し前に鉄斎のところに駆け込んできたのは万造だ。

「旦那。佐々木さんは一ツ目之橋の袂で、二人の侍に声をかけられて、近くの茶店に入《へえ》りやした。ありゃ、藩邸のやつらですぜ」

奥沼藩藩邸の者が佐々木淳一郎に接すると面倒なことになるので、万松屋に依頼して見張ってもらっていた。その金は、澤田彦之進から出ている。

《万松屋さんへの支払いは、私にさせてください》

と、彦之進は譲らなかった。淳一郎のために何かしたいという彦之進の気持ちを汲《く》んで、鉄斎は金を出させることにした。

「何を話していたかわからないか」

「無理でさあ。奴ら、妙に周りを気にしやがって。上意討ちのこととなりゃ、だいたいの察しがつくってもんですけどね。いけねえ。もうすぐ、佐々木さんがここに来ますぜ。旦那に会いに来るとしか考《かんげ》えられませんからね」

それだけを言うと、万造は裏口の方に消えていった。

淳一郎は熱い茶に顔をしかめた。

「先生。近々、上意討ちの相手が見つかるかもしれません」

鉄斎は世間話でもするかのように――。

「涌井六右衛門殿のことか」

「そうです……」

淳一郎は茶をこぼしそうになる。

「ど、どうして、その名をご存じなのですか」

「どうしてと言われても、知っているのだから仕方がない」

「なぜ、私に教えてくださらなかったのですか」

「お前さんに、上意討ちなど、させたくないからに決まっているだろう」

「私は武士です。主君の命とあれば、やらねばなりません」

鉄斎は優しく微笑む。

「すまんが、私は奥沼藩の藩士でもなければ、お前さんたちのような武士の心も持っていないのでな」

淳一郎は黙った。

「奥沼藩藩邸の者たちに何かを吹き込まれたようだな」

「なぜ、そのようなことを……、先生は一体……」

鉄斎は淳一郎の言葉などは聞いていないようだ。

「……。それがお互いのためかもしれんな……」

淳一郎は、鉄斎が洩《も》らした小さな声を聞き逃さなかった。

「お互いのためとは、どういうことでしょうか」

鉄斎はおもむろに――。

「淳一郎。会ってみるか」

「だれにです」

「涌井六右衛門にだ」

淳一郎は、すぐに言葉が出なかった。

「淳一郎。お前さんは人を斬ったことがあるか」

予期せぬ突然の問いに、淳一郎は即答することができない。

「人を斬ったことがあるかと訊いているのだ」

「ありません……」

鉄斎は悲しげな表情《かお》になった。

「私は黒石藩で剣術指南役をしていたときに、一人の男を斬った。自分に非はないと思っている。だがな、理由《わけ》はどうあれ、人の命を絶《た》った重さは心にのしかかる。その重さは年月と共に風化していくようなものではない。私はお前さんに、その苦しさや切なさを味わわせたくはない」

鉄斎は小さく息を吐いた。

「どうしてもやるというなら、相手のことを知っておくべきだ。涌井六右衛門に会わせよう。自らの心の目で確かめるといい。涌井六右衛門がどんな男なのか。出奔に及んだ理由《わけ》は何なのか。だれの言っていることが正しいのか。それを見極《みきわ》めるべきだ。その上で討つというなら、私は止めん。涌井六右衛門は、逃げ隠れするような男ではない。正々堂々と立ち合うはずだ」

鉄斎は淳一郎の答えを待った。道場からは竹刀《しない》がぶつかる音だけが聞こえている。

「会いましょう」

鉄斎は、紙と筆を取り、何やら書き出す。

「涌井六右衛門が暮らしている長屋だ。横川町だから、ここからもさほど遠くはない」

淳一郎はその紙を受け取った。

「それでは、これから訪ねてみます」

鉄斎が頷くと、淳一郎は立ち上がる。

「戻って参りましたら、一手、お願いいたします」

「望むところだ」

淳一郎が出ていくと、万造が戻ってくる。

「知りませんぜ。その場で斬り合いになっちまっても」

「まあ、それも武士の定めというやつだろう」

「冗談言ってる場合じゃねえですよ」

万造は笑うことができなかった。

「淳一郎の目に、涌井殿は上意討ちの相手として映るのか。それとも……」

「それとも……、何ですかい」

「お互いが、鏡を見ているように思うか……」

鉄斎はそう言って、冷めた茶を飲んだ。

五

佐々木淳一郎は、鉄斎から教えられた長屋の前に立った。引き戸の外から声をかけると、出てきたのは女だ。

「涌井六右衛門殿のお宅はこちらでしょうか」

女は淳一郎の姿を見ると、後退《あとずさ》りをした。

「奥沼藩の徒士、佐々木淳一郎と申します」

女はその名を聞いて身構えた。その女は気持ちを立て直そうとしているようだった。気丈な娘なのだろう。この女が主殺《しゅうごろ》しのため、涌井六右衛門に利用されたという女なのか……。

「涌井様は出ておりますが、じきに戻ると思います。せ、狭いところですが、どうぞ、お上がりください」

「いえ。それでしたら、また……」

「どうぞ、お上がりください。涌井様より言われております。もし、万が一、佐々木淳一郎という方が訪ねて来られたら、大切な客人だから非礼があってはならないと……。ですから、どうぞ、お上がりください」

女は、淳一郎の目を見ずに言った。

「では、お言葉に甘えます」

淳一郎は腰から刀を抜いた。

女は淳一郎の前に茶を置いた。その手は震えている。

離れて座り、比呂と名乗った。

「佐々木様は、涌井様を上意討ちにするために送られた、いわば刺客……。失礼をしました。佐々木様にとっては、主君からの命でございますから」

「その通りです。拙者は涌井六右衛門殿が上意討ちにされる経緯《いきさつ》を何も知りません。ですが、拙者は奥沼藩士として、涌井殿を討たねばなりません」

淳一郎は一礼して茶を飲んだ。

「島田鉄斎という、拙者には剣の師、心の師がおります。その島田先生にこの場所を教えていただきました。涌井殿がどのような人物なのか、出奔に及んだ理由《わけ》は何なのか、だれの言っていることが正しいのか、それを見極めろと言われました。涌井殿は逃げ隠れするような男ではないと……」

比呂の手は、まだ小刻《こきざ》みに震えている。

「おそらく、涌井様は何も語らないでしょう。理由は二つあると思います。一つは、藩の恥を世間にさらしたくないという思いです。もう一つは、佐々木様に哀れと思われ、情けをかけられたくないからです。出奔したとはいえ、武士としての面目や恥をなくしてはいない方ですから……」

淳一郎は何と返答してよいのかわからなくなった。比呂は淡々と続ける。

「私がお話しいたしましょう。涌井様は佐々木様に斬られるかもしれません。ならば、佐々木様には、斬った涌井様のことを知っておいていただきたいと思います」

「聞きましょう」

比呂は奥沼藩藩主の許されざる悪癖について語り始めた。何人もの女が手込めにされたこと。それをとがめた家臣の何人かが斬り捨てられたこと。藩主が城下で町娘を手込めにしようとして自害させ、その罪を涌井六右衛門に押しつけたこと。比呂が藩主に手込めにされているところを涌井六右衛門に助けられ、そのまま二人で出奔したことを話した。

淳一郎は、比呂の口から次々に出る理不尽な話に、拳を握り締めた。

「涌井殿と比呂殿は、以前から関わりがあったのですか」

「いえ。お互いに顔を知っている程度でした。涌井様は主君を峰打ちにして気を失わせたのです。残された道は、腹を切るか、出奔するかしかありません。私は一緒に連れていってほしいとお願いしました。私にも残された道はそれしかなかったのです。もう、奥沼藩で生きていくことはできませんから。私は自害するつもりでしたが、命が惜《お》しかったのでしょうか……。情けない女ですが、自分でもよくわかりません」

淳一郎は胸が絞めつけられる思いだった。この二人はどんな思いで奥沼藩を後にしたのだろう。討手に追われることを知りながら……。

「私はこの長屋で、涌井様と暮らして、ひと月ほどになりますが、一緒にいることで、私は涌井様が心に秘めている、武士としての苦しさ、人としての優しさがわかるようになりました。ですから、できることなら……。できることなら……」

比呂の頰《ほお》を涙が伝った。

引き戸が開いた。

「比呂殿。そこまでにしてほしい。佐々木殿に失礼だ」

入ってきた男は、座敷に上がると淳一郎の正面に座り、一礼した。

「涌井六右衛門です。佐々木淳一郎殿とお見受けします。比呂殿の話は聞かなかったことにしてください」

「六右衛門様。お許しください」

比呂は、六右衛門に向かって両手をついた。

「いや。涌井殿。話を聞かせていただいてよかった……。本当によかった。比呂殿を許してあげてください」

淳一郎の胸中には、小百合の顔が浮かんだ。小百合も迷いのない目をしていた。

「比呂殿には、拙者が涌井殿を斬るかもしれない、ならば涌井殿のことを知っておいてほしいと言われました。拙者の師である島田鉄斎先生にも同じことを言われました。拙者も涌井殿に斬られるかもしれません。それならば、拙者のことも話しておくのが礼儀というものでしょう」

淳一郎は、諸川藩が取り潰しとなり、許嫁だった小百合が自害したことを話した。話を聞きながら、比呂は何度も涙を拭った。

「小百合様にお会いしたかったです」

淳一郎は懐から取り出した紙包みを開いて置いた。

「小百合です」

比呂はその遺髪を見つめていたが――。

「ご挨拶《あいさつ》をさせていただいてもよろしいでしょうか」

淳一郎が頷くと、比呂は小百合の遺髪を手に取って、胸に抱きしめた。

「お辛《つら》かったでしょう……。立派なご覚悟です。私は生き恥をさらしていますが……」

それでも、比呂という女は生きている……。淳一郎は心の底からそう思った。

「負けました。剣で勝負をする前に、拙者は涌井六右衛門殿に負けました。拙者は涌井殿を討つに値《あたい》する男ではありません。改易後、浪々の身となった拙者は我を見失っていたのでしょう。仕官などはどうでもよかったのかもしれません。まして、仕官できなければ自害した小百合に面目が立たないなどと……。拙者が間違えていました。涌井殿と比呂殿を見ていて、それがわかりました。拙者は握った小百合の手を離してしまった。手を離さずに握り続けるべきだった」

六右衛門の表情《かお》が変わった。

「比呂殿。酒はあるか。佐々木殿と酒が呑みたくなった。無性に呑みたくなった」

比呂は「はい」と歯切れのよい返事をした。六右衛門が近くにいることで、震えは止まったようだ。

佐々木淳一郎と涌井六右衛門は盃《さかずき》を合わせた。小百合の遺髪の前にも酒が置かれた。

「佐々木殿にお尋ねしたいことがあります。島田鉄斎という方は何者なのでしょうか」

「島田先生をご存じなのですか」

「過日、いきなり訪ねてこられて、佐々木殿のことを伺いました。諸川藩で剣術指南役をされていたとか」

「無敵の剣客であり、無類の人格者です」

「やはり……」

六右衛門は唸った。

「あのような方には、はじめてお会いしました。剣客としての強さも、気負いもまったく感じさせない。だが、どこにも隙がない。温和な風体なのに、恐ろしさを感じました」

淳一郎は笑った。

「それがおわかりになるとは、涌井殿も相当な使い手なのでしょう。島田先生は、この近くの剣術道場で師範代をされています。拙者も一手、お願いしているところです。ご一緒にいかがですか」

「それは、ありがたい。あれほどの人物と手合わせができるなど、滅多にあることではありません」

引き戸が乱暴に開いた。

「こちらです」

飛び込んできたのは、松吉に連れられた高田藤兵衛と甲山福蔵だ。福蔵は断りもせず、座敷に飛び上がる。

「おお。六右衛門。それに比呂殿。達者そうでよかった。喜べ。いや、喜べなどと言ってはいかん」

藤兵衛は福蔵の頭を叩《はた》く。

「馬鹿者。だれかに聞かれたら切腹だぞ」

福蔵は声を落とした。

「殿がお亡くなりになった」

淳一郎、六右衛門、比呂は固まる。

「手込めにしようとした町人の娘に、簪《かんざし》で首を刺されたそうだ。殿の隠居を画策するまでもなかった。自業自得というやつだ。いや、天罰だ。幕府には病死で届け出るそうだ。弟君を主君にお迎えする手はずは、すでに整っている。ご城代に抜かりはないわ」

藤兵衛は六右衛門の肩を叩く。

「上意討ちは即刻中止。六右衛門も許されることになろう。比呂殿も心配はせんでよいぞ。今度のことはだれにも知られてはいない。まさか、殿に手込めにされて、などとは言えんからな」

藤兵衛は福蔵に思い切り、頭を叩かれた。このとき、また比呂の身体が震え出したのを、淳一郎は見逃さなかった。

翌日――。

誠剣塾の道場で、島田鉄斎や澤田彦之進、高田藤兵衛と甲山福蔵が見守る中、竹刀を構えて向かい合っているのは、佐々木淳一郎と涌井六右衛門だ。

剣の腕は互角と見えて、なかなか勝負がつかない。二人が手合わせをする前に、佐々木淳一郎、涌井六右衛門は島田鉄斎に挑み、あっけなく打ち負かされた。

「もう、そのへんでよいだろう」

二人は一度、離れて竹刀を構えたまま、肩で息をする。

「まだまだ。これからです。勝負はついておりません」

「その通りです。参るぞ」

二人は激しく竹刀を打ち合う。

彦之進は鉄斎に、嬉しそうに囁く。

「互いに鏡を見ているような二人じゃないですか。これは、奥沼藩でも、好敵手になりそうですね」

「間違いないな」

万造は藤兵衛に小声で――。

「ところで、金はまだ余ってるんですかい」

松吉も福蔵に小声で――。

「乙《おっ》な女郎屋を見つけたんでさあ。今夜は派手にいきましょうや」

藤兵衛と福蔵の表情《かお》は緩む。

「そ、それは真か。よし。……佐々木と涌井に悟られてはならんぞ」

「こんな剣術の手合わせなどを見ている場合ではないわ。ど、どこで落ち合うことにすればよいのだ」

そんな話などを知る由《よし》もなく、道場には竹刀がぶつかり合う清々《すがすが》しい音が心地《ここち》よく鳴り響いていた。

栄屋の座敷で車座《くるまざ》になっているのは、万造、松吉、鉄斎、お染、佐々木淳一郎の五人だ。お染は万松のふたりから話を聞き終えると、みなに酒を注ぐ。

「そんなことがあったのかい。ちっとも知らなかったよ」

万造はお染に酒を注ぎ返す。

「上意討ちのごたごたじゃ、お染さんの出る幕はねえや」

お染は猪口から吸い上げるようにして酒を呑んだ。

「でも、丸く収まったんだからよかったじゃないか。旦那も佐々木さんもご苦労様でした」

松吉は少し低い声で――。

「本当に丸く収まったんですかね」

「どういうことだい」

「涌井さんと比呂さんのことでさあ。佐々木さん。あの二人はこれからどうなるんですかい」

淳一郎は言葉を選んでいるように見えた。淳一郎の心にも同じ思いがあったのかもしれない。

「涌井六右衛門は国元に帰ることになるのか、江戸詰になるのか、まだ正式な沙《さ》汰《た》はない。比呂殿はどうするのかわからん」

松吉はゆっくりと酒を呑んだ。

「あの二人は、まだ男と女の仲にはなってませんぜ。間違《まちげ》えねえ」

鉄斎も頷く。

「私もそう見た」

お栄が徳利を持ってきた。

「あら、旦那に男と女のことがわかるんですか」

万造は首を捻る。

「でもよ、長《なげ》えこと一緒に暮らしてるんだろ」

「見てりゃ、わからあ。だがよ、互《たげ》えに惚れてなきゃ、あんな狭《せめ》え四畳半で暮らせるわけがねえ。もう、逃げなくてもいいってことになったら、あの二人は終わっちまうってことかよ」

お染は溜息をついた。

「無理もないねえ……」

万造は猪口を置いた。

「どういうことでえ」

「あんたたちは女心がわかっちゃいないねえ。比呂さんは、手込めにされているところを涌井さんに助けられたんだろ。生娘だった比呂さんが、そんなところを涌井さんに見られて、好きだの、惚れただの、一緒になりたいなどと言えるわけがないじゃないか」

お栄が口を挟《はさ》む。

「それにね、心の傷は深いよ。蚊《か》に刺されたようなわけにはいかないんだよ」

淳一郎は小さな声で「そうだったのか」と呟いた。

「拙者が、横川町にある丸星長屋を訪ねたとき、比呂殿しかいませんでした。拙者を見た比呂殿は震えていました。拙者のことを六右衛門を討ちに来た者と思って震えているのだと思いましたが……。あれは、男が怖かったのでしょう……。そうだったのか」

お染は淳一郎に酒を注いだ。

「佐々木さんも涌井さんも、武士としての心は見上げたもんですけど、女の気持ちもわかってあげてくださいよ。でも、それがわかっただけでも立派なもんです。比呂さんが心を開いている男は、涌井六右衛門さんだけなんですよ。つまり、比呂さんを幸せにできるのは、涌井さんだけだってことなんです。そうだねえ。まずは、二人を本音で向き合わせることなんだろうねえ」

淳一郎は背筋を伸ばした。

「島田先生。涌井六右衛門のことは拙者に任せてくれませんか。お願いします。上意討ちは終わりましたが、六右衛門の心は討ってみせます」

鉄斎は微笑んだ。

「やってみればいい」

万造がお染に酒を注ぐ。

「するってえと、比呂さんのことは……。お染さん。いよいよ出番が回ってきたじゃねえか。真打《しんうち》登場だぜ」

松吉が手を開く。

「それじゃ、そろそろ仕上げと参りましょうか。よお～」

万造、松吉、お染の三人は同時に手を打った。

「島田先生、これが彦之進の言っていた〝おけら長屋に任せておけば〟というやつですか」

鉄斎は小さく頷きながら、鼻の頭を掻いた。

佐々木淳一郎は、涌井六右衛門を蕎麦屋《そばや》に誘った。島田鉄斎に教えてもらった剣術道場の近くにある蕎麦屋だ。

「六右衛門。遠回りはせん。はっきり訊くぞ」

竹刀を交えてから二人は「六右衛門」「淳一郎」と呼び合う仲になっていた。

「比呂殿のことをどう思っているんだ」

いきなりの言葉に、六右衛門は箸《はし》を持つ手を止めた。

「どう思うと言われても……」

淳一郎は六右衛門に酒を注いだ。

「はじめは、比呂殿のことを哀れだと思ったのかもしれん。だが、今は違うのではないか。おれは、六右衛門の本当の気持ちが知りたいのだ。六右衛門……。まさか、比呂殿が手込めにされたことが引っかかっているのではあるまいな」

六右衛門は黙った。

「だとしたら、おれはお前を斬る。そんな男を友とは呼べん」

六右衛門は首を振った。

「ない。そんなことは断じて、ない」

淳一郎は落ちついた口調《くちょう》で――。

「おれが横川町にある丸星長屋を訪ねたとき、比呂殿は震えていた。比呂殿は男に怯《おび》えていたんだ。六右衛門。比呂殿に惚れているなら、救ってやれ。守ってやれ。お前にしかできないことだ。武士の面目などはどうでもいい。それが人としての、本当の面目だ」

「本当の面目……」

六右衛門は何度も頷く。

「よいか、六右衛門。握った手は離してはいかんのだ。いかんのだよ」

淳一郎は懐に手を入れて、小百合の遺髪を握った。その遺髪は、いつもより温かく感じた。


丸星長屋を一人の女が訪ねてきた。比呂はその女に見覚えがなかった。

「比呂さんですか。あたしは島田鉄斎って旦那の知り合いで、染と言います」

粗末な着物を着ているが、凜《りん》とした女だ。

「島田様のことは聞いております。どうぞお上がりください」

比呂は、お染を上座に座らせると、茶を淹《い》れた。

「あの……。どのようなご用件で……」

お染は微笑む。

「さてと、何から話そうかねえ……。今ね、佐々木淳一郎さんと、涌井六右衛門さんが蕎麦屋で会ってるんですよ」

「蕎麦屋で……。どうしてですか」

「比呂さんのことに決まってるでしょう」

「私のことで……」

「そうですよ」

お染は世間話でもするかのように話す。

「佐々木さんはね、あなたと涌井さんとのことが気になっちまってねえ。涌井さんを問い詰めるそうですよ。比呂さんのことをどうする気だ、って。回りくどい言い方は性《しょう》に合わないんで、はっきり言っちまいますね。もし、涌井さんの心の中で、あなたが手込めにされたことが、わだかまりになっているなら、佐々木淳一郎さんは、涌井六右衛門を斬るそうです」

比呂は絶句する。

「……」

「だから、涌井さんが生きてここに帰ってきたら、あなたも本当の気持ちで、涌井さんと向き合ってください」

お染の口調から、角が取れ始めた。

「比呂さん。辛かったねえ。苦しかったねえ……。あたしも女の端くれだから、あなたの気持ちは痛いほどわかるよ。毎晩、胸が圧《お》し潰されそうになって眠れなかったんだろう」

お染は比呂に寄り添うようにして、背中に手を置いた。

「六右衛門さんが帰ってきたら、胸に飛び込んでごらん。そして、あなたの素直な気持ちを吐き出すんだよ」

比呂の目から涙が溢れ出した。

「何て言うんだい。あたしにだけはこっそり教えておくれよ」

比呂は俯《うつむ》いた。

「ねえ。いいだろう。教えておくれよ」

比呂は涙を拭うと顔を上げる。

「私はずっと六右衛門様と一緒にいます。握った手は離さないでください」

お染の目からも涙が流れた。

「いいねえ。乙な台詞《せりふ》じゃないか」

お染は、すっと立ち上がる。

「佐々木さんはね、自分が立派に仕官することで、自害した小百合さんに面目が立つと思っていたそうだよ。違うよね。比呂さんも女だからわかるだろう」

お染は外に出て歩き出す。

向こうから歩いてくるのは、佐々木淳一郎と涌井六右衛門だ。お染は淳一郎の顔を見て頷く。淳一郎は六右衛門の肩を叩いた。

「ほれ。比呂殿が待っているぞ」

涌井六右衛門は、佐々木淳一郎とお染に深く一礼すると、足取りも軽《かろ》やかに歩き出した。

編集協力——武藤郁子

一〇〇字書評

切り取り線

購買動機（新聞、雑誌名を記入するか、あるいは○をつけてください）

- □（　　　　　　　　　　　　）の広告を見て
- □（　　　　　　　　　　　　）の書評を見て
- □ 知人のすすめで
- □ タイトルに惹かれて
- □ カバーが良かったから
- □ 内容が面白そうだから
- □ 好きな作家だから
- □ 好きな分野の本だから

・最近、最も感銘を受けた作品名をお書き下さい

・あなたのお好きな作家名をお書き下さい

・その他、ご要望がありましたらお書き下さい

住所	〒				
氏名		職業		年齢	
Eメール	※携帯には配信できません		新刊情報等のメール配信を 希望する・しない		

この本の感想を、編集部までお寄せいただけたらありがたく存じます。今後の企画の参考にさせていただきます。Eメールでも結構です。

いただいた「一〇〇字書評」は、新聞・雑誌等に紹介させていただくことがあります。その場合はお礼として特製図書カードを差し上げます。

前ページの原稿用紙に書評をお書きの上、切り取り、左記までお送り下さい。宛先の住所は不要です。

なお、ご記入いただいたお名前、ご住所等は、書評紹介の事前了解、謝礼のお届けのためだけに利用し、そのほかの目的のために利用することはありません。

〒一〇一-八七〇一
祥伝社文庫編集長　清水寿明
電話　〇三（三二六五）二〇八〇

祥伝社ホームページの「ブックレビュー」からも、書き込めます。

www.shodensha.co.jp/bookreview

祥伝社文庫

新《しん》本所《ほんじょ》おけら長屋《ながや》（一）

令和 6 年 6 月20日　初版第 1 刷発行
令和 6 年11月15日　　　第 3 刷発行

著　者　畠山健二《はたけやまけんじ》
発行者　辻　浩明
発行所　祥伝社《しょうでんしゃ》
東京都千代田区神田神保町 3-3
〒101-8701
電話　03（3265）2081（販売）
電話　03（3265）2080（編集）
電話　03（3265）3622（製作）
www.shodensha.co.jp

印刷所　萩原印刷
製本所　ナショナル製本
カバーフォーマットデザイン　中原達治

 ISBN978-4-396-35059-8 C0193

祥伝社文庫の好評既刊

今村翔吾　火喰鳥《ひくいどり》　羽州《うしゅう》ぼろ鳶《とび》組

かつて江戸随一と呼ばれた武家火消・源吾《げんご》。クセ者揃いの火消集団を率いて、昔の輝きを取り戻せるのか!?

今村翔吾　夜哭烏《よなきがらす》　羽州ぼろ鳶組②

「これが娘の望む父の姿だ」火消としての矜持を全うしようとする姿に、きっと涙する。最も〝熱い〟時代小説！

岡本さとる　取次屋栄三《えいざ》　新装版

武士と町人のいざこざを、知恵と腕力で丸く収める秋月栄三郎。痛快かつ滋味溢れる傑作時代小説シリーズ。

岡本さとる　がんこ煙管《ぎせる》　取次屋栄三②　新装版

廃業した頑固者の名煙管師に、もう一度煙管を作らせたい。廃業の理由は娘夫婦との確執だと知った栄三郎は……。

辻堂　魁　風の市兵衛

さすらいの渡り用人、唐木市兵衛《からきいちべえ》。心中事件に隠されていた奸計《かんけい》とは？〝風の剣〟を振るう市兵衛に瞠目！

辻堂　魁　雷神　風の市兵衛②

豪商と名門大名の陰謀で、窮地に陥った内藤新宿の老舗。そこに〝算盤《そろばん》侍〟の唐木市兵衛が現われた。